KB061080

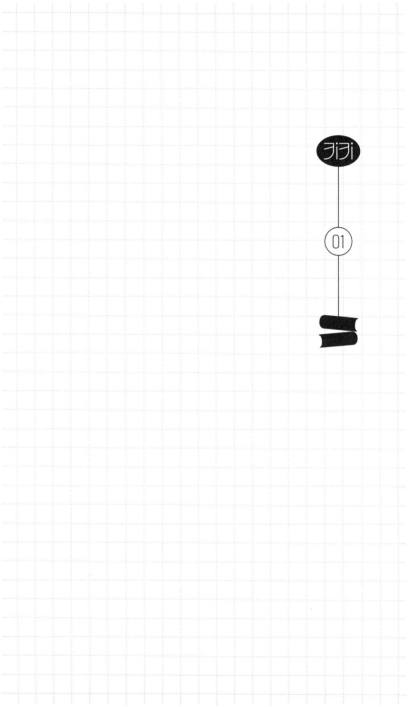

키키

01

돈을 사랑한 편집자들

**재테크 책 만들다가
저절로 업행일치**

이경희 × 허주현

위즈덤하우스

짠테크 편집자 둘이
찐테크 동업자가 되기까지

일 벌이고 돈 불리며 벌인
티키타카의 기록

"네? 제가요? 책을요? 괜찮으시겠어요?"

경희 선배와 함께 '돈을 사랑한 편집자' 콘셉트로 글을 써
보라는 제안을 처음 받았을 때, 어안이 벙벙했다.

　'어째서 나를? 왜? 그래도 괜찮습니까, 출판계?'

이런 생각이 계속 맴돌았고, 사실 자신이 없었다. 용기를
준 것은 오랜 출판계 동지이자, 재테크를 향한 뜨거운 욕망
의 동반자, 경희 선배였다. "주현아, 아무도 우리를 그렇게
주목하지 않아. 우리 둘 계약금 이상의 인세를 받으려면 몇
명의 사람들이 이 원고를 봐야 할지 생각해보라고."
지극히 이성적이어서 묘하게 설득력이 있는 이 말에 나는
어쩐지 안정되었다. 무엇보다 당시에 편집한 에세이《더
잘하고 싶어서, 더 잘 살고 싶어서》(빅피시, 2022)에서 발견
한 문장이 마음을 한 걸음 더 앞으로 나아가게 했다.

　결정의 순간 앞에서 최선은 옳은 일을 하는 것이고, 차선
　은 틀린 일을 하는 것. 최악은 '아무것도 하지 않는 것'.

그래, 한번 해보자! 혹시 누가 알아? 뜻밖에 유튜브에 소개되거나 인스타그램에서 엄청 바이럴되거나 엄청난 인세를 받게 될지도? 이렇게 쫄보 개복치가 용기를 영혼까지 끌어모아 한껏 빵빵해진 순간, 속전속결 메일로 날아든 계약서와 함께 이 책은 시작되었다.

앞으로 펼쳐질 글은 연봉 1800만 원에 '이생망'(이번 생은 망했어)을 입버릇처럼 달고 다니던 염세적 사원들이 10여 년 뒤에 함께 출판사를 세우기까지, 일과 돈의 성장 측면에서 벌여온 불꽃 같은 티키타카의 기록이다.
파주 출판단지와 홍대, 상암을 넘나들며 우리는 여러 출판사에서 따로 또 같이 100여 권의 책을 만들었고, 틈틈이 만나 서로가 아는 재테크 정보를 나누며, 추억과 능력과 재산을 차곡차곡 쌓아왔다.

이 순간, 떠오르는 것은 수많은 삽질의 기억이다. 편집자인 만큼 언제까지나 평온하고 차분하게 원고를 만지며 고즈넉한 출판사 생활을 할 줄 알았건만, 편집자이기에 한 해 한 해가 예측 불허 스펙터클한 대이동의 서사시와 같았다.

안온한 일터를 찾아 큰 출판사와 작은 출판사를 메뚜기처럼 오가는 사이사이, 생각지도 못하게 (돈 문제로) 경찰서에 앉아 눈물을 쏟기도 했다. 회사 근처의 초역세권 대장 아파트를 살 기회를 놓친 것은 다름 아닌 '고기를 향한 욕망' 때문이었다(고기를 이성이 어떻게 이기나요).

창업 이후에는 편집자라는 '본캐'와 재무 담당자라는 '부캐' 사이에서 갈팡질팡하기도 했다. 첫 책의 마감과 인세 정산 시기가 겹쳐 발을 동동 구르다 '멘붕'에 빠진 채 도망치려 했던 나를 붙잡은 것은 동료들의 눈동자였다.

　그동안 한 일들이 다 허사는 아니었다.

《반지의 제왕》 작가 J.R.R. 톨킨에게 친구이자 동료 작가인 C.S. 루이스가 건넨 이 말은, 처음 발견한 이래로 소중하게 품고 있는 나만의 보석 같은 문장이다. 정말 그렇다. 밝은 빛이 비치던 행복한 날이 있었는가 하면, 슬픔도 있었고, 어둠이 짙어지는 날도 있었다. 하지만, 그동안 한 일들이 모두 허사는 아니었다.

기획편집자라는 직업은 저자들의 문장이라는 창으로 드넓은 세상을 볼 수 있게 했다. 부동산계의 현인부터 '짠테크'의 종결자, 명리 전문가이자 대기업 임원, 연애 유튜버, 미술 에세이스트, 카피라이터까지……. 책을 만들며 만난 다양한 업계의 능력자 저자들은 출판사 밖에서 빠르게 변화하는 세상을 알려줬다. 그들을 통해 더는 내 안에만 고여 있어서는 안 된다고 느꼈다.

이 생각을 동력으로 두려움을 억누른 채 새로운 길로 나아갈 선택을 하며 지금에 다다랐다. 그렇게 '더는 못 하겠어' 하고 도망치던 새벽과 그럼에도 일어나 출근하던 아침의 싸움들이 모여 내 삶의 퍼즐 조각을 하나하나 맞춰왔다는 생각이 든다.

"이 책을 읽은 것이 허사는 아니었다."

가상의 독자가 마지막 책장을 덮으며 이렇게 생각하는 모습을 상상해본다. 지금까지 일하며 겪은 깨달음과 삽질, 웃음의 순간과 재테크 정보의 엑기스를 탈탈 털어 모았다.

이 이야기가 언젠가 일을 하다 슬럼프에 빠졌을 때, 작고 소중한 통장 잔고를 보며 아쉬움이 들 때, '나라고 못할 것이 없다'는 용기를 조금이나마 줄 수 있다면 좋겠다.

웃으면서 읽다가 '어? 이 정보 괜찮은데?' 하고 기억할 만한 문장들이 있다면, 그렇게 누군가에게 기억될 문장들이 있다면 더 바랄 것이 없겠다.

일?

OO!

에필로그

엄마도 나도
할 수 있는
재테크

내가 처음 재테크에 급박한 경각심을 느낀 건 이런 생각이 들었던 때다.

'뭐야? 세상 사람들 다 돈을 잘 벌고 있네? 왜 나만 집 없어?'

때는 바야흐로 2013년 겨울, 연남동을 쏘다니며 독립할 집을 찾다가 마침내 찾은 나만의 방을 계약하던 날이었다. 내 원룸은 오래된 주택을 헐고 지은 작지만 알찬 원룸 타워의 2층에 있었다. 그때는 성대한 타워처럼 보였으나 사실상 5층짜리 원룸 하우스였다. 1층부터 3층까지는 원룸 네 채가, 4층에는 투룸 세 채가 있었고, 5층에는 집주인이 살고 있었다.

부동산에서 집주인 아주머니와 만나 계약하던 날, 나는 뭔가에 머리를 꽝 맞는 듯한 충격을 느꼈다. 원룸+투룸 도합 열다섯 채, 한 달에 월세 수입으로만 약 850만 원을 버는 집주인 아주머니의 나이가 엄마와 같았던 것이다.

계약서에 사인을 하면서 머리 한쪽 구석이 팽팽 돌아갔다.

'우리 집도 수유리에 살 때 주택이었는데, 왜 허물고 원룸 하우스 만들 생각을 못 했지? 엄마랑 이분은 나이가 같은데, 비슷한 생애주기를 보냈어도 한순간의 판단에 따라 이렇게 삶이 달라질 수도 있겠구나.'

그렇다고 우리 집 경제 사정이 어려운 편은 아니었다. 다만, 공무원 외벌이 가정의 맏딸로서 '근검절약'을 모토로 어릴 때부터 각종 알뜰살뜰 습관들을 생활화하며 자라온 나로서는 삶의 방식을 바꾸는 생각의 대전환이 이루어진 순간이었다.

이 알뜰 습관들은 눈물을 흘리지 않고는 설명할 수 없는데, 전기장판의 호혜를 누리면서 감히 보일러를 켜는 철없는 행동을 했을 때 떨어지던 아빠의 불호령이나, 내가 화장실에 앉아 있을 때도 단호하게 불을 끄던 아빠를 향해 다급하게 토해냈던 사자후의 기억들이 여전히 생생하다. "아빠, 저 여기 있어요, 아빠!"

그즈음, 나의 경제적 상황은 '배아' 상태였다. 재테크의 떡잎조차 틔우지 못한 씨앗 이전의 단계랄까. 출판사에 취업하고 급여 생활자의 삶을 시작한 지 몇 년이 지났지만, 3월

에도 눈이 녹지 않는 파주 출판단지의 날씨처럼 월급 통장
은 꽁꽁 얼어붙어 있었다.

합정과 파주 사이에서, 2200번 버스에 몸을 실은 채 서울
과 경기도의 경계를 무수히 누볐건만 초봉 1800만 원에서
시작된 급여는 회사의 밀리언셀러 탄생 확률만큼이나 희
미하게 올랐다.

그럼에도 이전과는 마음가짐이 달랐다. '나도 내 집을 갖고
싶어! 월세 받는 사람이 되고 싶어' 하는 마음이 들어 적은
급여를 쪼개어 펀드와 ETF에 투자하게 했고(주식은 어쩐지
무서웠던 내게, 펀드의 성격을 띠지만 주식처럼 실시간으로 매도
와 매수를 할 수 있는 ETF는 마음에 쏙 드는 상품이었다), 내 집
마련의 방향으로 삶을 한 걸음씩 걸어 나가게 했다.

미국 관련 펀드를 샀으니 신문 경제면과 해외면을 더 들여
다보게 되었고, 원룸에서 벗어나고 싶으니 부동산 특집 기
사에도 눈이 갔다.

증권사 MTS(모바일 트레이딩 시스템)를 깔고 익숙지 않은 화
면 속에서 하나둘씩 ETF를 모아갔다. 0.5퍼센트라도 이율
이 높은 CMA계좌(예치금을 금융자산에 투자해 수익을 고객에
게 지급하며, 수시입출금이 가능한 금융서비스)를 트려고 반차

를 내고 해당 지점에 방문하고, 틈틈이 이율 좋은 예적금 특판 상품이 있는지 체크했다. 오바마와 트럼프의 일거수일투족을 절친의 일처럼 꼼꼼하게 살피고, "빚을 내서라도 집을 사라"라는 말에 눈이 번쩍 뜨이던 날들이 쌓여, 일에서의 방향 전환도 자연스레 이루어졌다.

재테크 책들에 자꾸만 시선이 갔고, 부동산 책을 만들어보고 싶었다. 마침 다른 출판사에 다니던 경희 선배도 부동산 책을 기획해 베스트셀러로 만들어낸 참이었다.

"저 부동산 책 하고 싶습니다!"

기획회의에서 호기롭게 손을 들고, 준비해간 기획안을 배부했다. "요즘 부동산 관련해 웹상에서 눈에 띄게 활동하는 인사이트 있는 필진들이 이러이러하게 있는데요. 이들 중에 저는 이분이 부동산 커뮤니티에서 찐팬도 많고, 본인만의 확고한 논리와 데이터가 있어서 좋습니다. 아직 책은 내보지 않은 분이지만, 한번 컨택해보고 싶습니다. 샘플 글로는 이런 텍스트가 있고요……."

나름의 확신도 있었고 자신만만했지만, 누울 자리를 보고

발을 뻗으라고 했던가. 당시 근무하던 출판사에서는 부동
산 투자를 '투기'라고 보는 분위기가 있었고, 굵직굵직한
CEO와 경영 전략가들의 책을 주로 내온 출판사의 성격상
안 맞는 기획이었다.

'혹세무민'하는 기획은 하지 말자는 이야기를 들었지만, 투
자와 재테크는 혹세무민의 도구가 아니라고 생각했다. 그
렇게 첫 재테크 도서 기획은 대차게 까였다. 하지만, 눈물
을 삼키며 메모장에 나만의 알감자 같은 기획 리스트를 적
어내려갔다.

그러던 차에, 재테크를 향한 열정을 더욱 활활 타오르게 만
드는 일이 일어났다. 남자친구였던 사람과 결혼을 하게 되
면서 신혼집을 구하게 된 것. 그 과정에서 출판사 밖 냉혹
한 현실과 다시 맞닥뜨리게 되었다.

당시 우리가 가진 돈은 '영끌' 해서 1억 8000만 원. 전셋값
이 치솟는 상황에서 구할 만한 집은 많지 않았다. 내가 살
던 마포구 연남동에서 남편이 살던 서대문구 남가좌동, 은
평구 응암동까지 여러 집을 다녔다. 족히 스무 군데는 넘는
부동산 중개소에 연락처를 남기며 집을 물어보러 다녔다.

대부분의 부동산 중개소에서는 우리의 예산을 듣고는 자리에 앉을 새도 없이 고개를 저었고, 그나마 연락처를 남겨 놓은 곳에서도 거의 연락이 없었다.

결혼식 날짜는 점점 다가오고, 마음은 초조해져만 갔다. 신혼살림을 마련한 곳들에서 배송 일자와 주소를 확인하는 연락이 하나둘씩 오기 시작했다. '망했다. 작은 짐들은 엄마 집에 보낸다 치고, 침대는 어디다 보관하지? 길바닥에 냉장고 보관해야 하는 거 아니야? 물품 보관 컨테이너 창고라도 알아봐야 하나.'

귀인은 남편의 동네에 있었다. 남편이 오래 산 동네의 중개사 아주머니가 급하게 세를 놓는 물건이 나왔다며 연락을 주셨다. 어렵사리 전셋집을 구하고, 계약하러 다시 부동산 중개소를 찾은 당일, 나는 두 번째 충격을 받게 된다.

집주인이 나와 동갑이었다.

'나는 여전히 길바닥을 헤매고 있고, 이렇게 힘들게 전셋집을 구하고 있는데, 이 친구는 어떻게 아파트를 가지고 있지?'

이 순간의 만남. 나와 동갑인 집주인과 귀인 공인중개사 아주머니와의 만남을 시작으로, 1년 뒤 나는 아파트를 사게 된다. 초기 자금 3400만 원으로.

운명의
책을
만나다

나는 폭락론자였다.

오랫동안 열심히 듣던 경제 팟캐스트에서는 "한국은 인구 대비 집이 너무 많고, 인구가 줄고 있기 때문에 곧 일본처럼 집값이 폭락하는 시대가 올 것"이고, "집을 사는 것은 매우 위험하기 때문에 차라리 월세를 살라"라고 했다. 그래, 집값은 곧 떨어질 것이다.

그래야만 했다. 특별히 부동산에 관심이 많지는 않았다. 그럴 수 있는 상황도 아니었다. 초봉 1800만 원으로 시작한 편집자 생활에 아껴 쓰고 쥐어짜면서 모아봤자, 학자금 대출 갚고 월세 내면 남는 돈은 뻔했다.

최소한 월세 낼 돈은 있어야 했기에 다니기 싫은 출판사를 꾸역꾸역 다니면서 '아, 늙어서 하기 싫은 일을 억지로 하지 않으려면 돈이 있어야겠구나' 일찍이 깨달았지만 그래봤자 예적금 풍차 돌리기로 겨우 1년에 이자 일이십만 원 더 받는 것에 만족할 뿐이었다.

몇 번의 이직을 하며 2~3년 지났을까? 시간이 흐른 만큼 연봉도 올랐으면 좋았겠지만 그런 일은 일어나지 않았고, 나는 그저 나이만 먹은 채로 결혼을 준비하게 되었다. 남자 친구와 내가 모은 돈으로 얻을 수 있는 신혼집이라고는 지은 지 30년이 다가오는, 재건축을 바라보는 복도식 아파트 정도였는데 전세금은 1억 9000만 원.

빚이라면 벌벌 떨었지만 없는 사정에 달리 방법도 없었으므로 전세금의 절반 정도를 대출받아 신혼집에 입주했다. 아파트는 삼중 주차에, 종종 녹물이 나오기는 했지만 그래도 좋았다. 아파트에 살아본 것은 처음이었다. '최소한의 관리가 되고 있다'라는 느낌을 주는 곳이 나에게는 바로 아파트였다.

문제는 전세 재계약이었는데, 전세금이 2년 만에 4000만 원이나 오른 것이었다. 분명 예전에 들은 팟캐스트에서는 곧 집값이 떨어질 거라고 했는데, 왜 집값은커녕 전세금까지 폭등한 거지?

도무지 납득이 되지 않았다. 2년 내내 맞벌이로 모은 돈으로는 전부 대출을 갚았는데, 다시 전세 대출을 알아봐야만 했다.

그러던 어느 날, 습관처럼 온라인 서점에 등록된 베스트셀러와 신간을 둘러보는데 갑자기 한 권의 책이 내 눈에 들어왔다. 표지에는 이런 카피가 있었다.

　　한국의 주택 수는 절대 부족하다. 매년 39만 호의 주택이
　　필요하다.

아니, 이게 무슨 소리인가? 우리나라는 이미 주택 수가 충
분하고 인구가 줄어들 예정이어서 일본처럼 집값이 떨어
질 거 아니었나? 당장 책을 클릭해 목차를 살펴봤다.

- 주택보급률이 100%를 넘어도 집을 더 지어야 한다니
- 주택 수는 절대 부족하다: 인구 천 명당 주택 수가 전하
　는 진실
- 일본 부동산 거품 붕괴와 잃어버린 20년이 한국의 부동
　산 붕괴론을 떠받치는 근거로 삼곤 하는데, 어떤 점이
　다른가?

이 책은 《뉴스테이 시대, 사야 할 집 팔아야 할 집》(헤리티
지, 2016)으로, 폭락론자의 믿음을 완전히 부정하는 내용이
었다. (게다가 부동산 투자를 주로 다루고 있지도 않다. '뉴스테
이'라는 지금은 사실상 사라진 민간임대제도를 설명한 책이었다.)

사실 그때까지 부동산 책은 단 한 권도 읽어본 적이 없었다. 내심 부동산 책이라면 소위 '사짜' 저자가 몇 건의 투자 성공을 통해 돈 자랑하는 책이라고 생각했다. 또 당시 출판계에는 부동산 '투자'란 말할 것도 없이 '투기'이며, 그런 책을 만들겠다고 편집자로서 선뜻 말하기 어려운 분위기 같은 게 존재했다.

실제로 주현은 회사에서 부동산 책을 기획했다가 "혹세무민하는 책 만들지 말라"라는 반응을 듣고 그 회사에서 더는 부동산 책 기획을 시도조차 하지 않았다고 했다.

그런데 당장 구매해서 읽어본 책에서는 저자가 객관적인 데이터를 근거로 자신의 주장을 조목조목 뒷받침하고 있었다. 단순한 돈 자랑이나, 어느 지역의 아파트값을 올리기 위한 목적이 아닌 팩트 기반의 드라이한 보고서 형식의 부동산 책은 그 자체로 신선했고, 무엇보다 가장 충격적이었던 것은 그 책의 내용에 따르면 내가 그토록 기다리던 폭락은 오지 않을 수 있다는 점이었다.

큰일이었다. 나는 폭락만을 기다리고 있었는데. 지금은 돈이 없지만 어쨌든 내가 돈을 어느 정도 모았을 시점에 마침 집값이 폭락해주면 딱 좋을 것 같았는데, 그런 날이 오지 않을 수도 있다고? 아직 사지도 않은 집을 빼앗긴 것만 같은 기분이었다.

저자를 만나고 싶었다. 만나서 직접 물어보고 싶었다. (물론 새롭고 건강한 부동산 책을 만들고 싶은 마음도 없지는 않았다. 정말이다.)

편집자라는 일의 좋은 점은 바로 이런 것이었다. 한 개인으로는 절대 만날 수 없는 전문가를 '책'이라는 매개로 만나자고 할 수 있는 것. 나는 책을 읽자마자 책날개에 소개된 저자 계정으로 출간 제안 메일을 보냈다.

작가님은 당시 여의도 증권가에서 막 떠오르던 건설 분야 애널리스트로, 나는 애널리스트가 정확히 무슨 일을 하는지도 잘 몰랐다. 그럼에도 나는 당시 단행본 매출 1위의 대형 출판사에 다니고 있었기 때문에 작가님은 친절히 답장을 주셨고 단번에 미팅 약속을 잡았다. (내가 대단한 메일을 썼을 리는 없으므로 출판사를 보고 회신을 주셨을 게 분명하다.)

부동산의 'ㅂ'도 몰랐던 폭락론자 편집자와의 미팅이었지만, 작가님께는 한 권의 책을 더 쓰고 싶은 의지가 있으셨고 어찌어찌 차기작 이야기를 나눴다. 미팅을 통해 부동산 폭락론자에서 상승론자로 변절한 나는 반드시 작가님의 차기작을 진행하고 싶었다. 일이 되려는지 작가님이 내 고등학교 선배라는 사실을 인터넷 검색을 통해 발견하고는 갑자기 작가님을 선배님이라고 부르며 무사히 계약까지 진행할 수 있었다. 사회생활이란 다 이런 것 아니겠는가. 그런데 산 넘어 산이었다. 작가님이 주는 원고를 절반도 이해하기 어려웠다.

　"작가님, '갭투자'가 뭐예요?"
　"음, 갭투자란 말이죠(어쩌고저쩌고 갭투자에 대한 명쾌한 설명 끝)."

원고 한 꼭지가 들어오면 되묻는 게 한 바닥이었다. 나만의 생각이지만, 그때 작가님은 아마 나를 믿지 못했을 것이다. 업계 1위 대형 출판사에 나 같은 멍청이가 있다는 건 상상도 못 했을 텐데, 원고만 보내면 내용 대부분에 형광펜 표시를 그어 이해가 안 된다, 설명해달라고 회신하는 편집자를 만났으니 얼마나 당황스러우셨을까. 그래도 나는 물어볼 수밖에 없었다.

'나는 부동산에 이제 막 관심을 갖게 된 독자야. 나 같
은 사람도 이해할 수 있는 만큼 쉬운 책이어야 해. 안
그러면 이 책은 많이 팔릴 수 없어.'

다행히 못 배운 것을 부끄러워하지 않던 나는 주말 내내 원
고를 보고 머리를 싸매며 겨우 첫 부동산 책을 출간할 수
있었다. 나의 첫 재테크 책인 채상욱 저자의《돈 되는 아파
트 돈 안 되는 아파트》(위즈덤하우스, 2017)가 바로 그것이다.

위험하고 괜찮은

나의 첫

부동산 매매기

신혼집에 어렵사리 입주한 뒤에 전세금은 무서운 속도로
올랐다. 입주 1년 차에는 1억 원이 올라 우리가 계약하던
시점의 매매가에 달했다.

"이럴 거면 이 집을 살 걸 그랬다, 그치?"

남편과 이런 말들을 주고받던 시점에 나는 임신을 했고, 안
정적인 보금자리가 더욱 절실해졌다. 그리고 결심했다. 집
을 사기로. 그즈음에는 귀인 중개사 아주머니를 비롯한 동
네 중개사분들과 친밀한 사이가 되어 있었다. 집을 사기로
결정한 이상, 주변 시세라도 정확히 알아보겠다며 뻔질나
게 근방 중개소를 다닌 덕분이었다.
귀인 아주머니에게는 어쩐지 더 의지하게 되어서, 아파트
상가를 오가며 맛있는 라테나 싱싱한 과일들을 조금씩 사
서 들러 수다를 떨었다. 그래서였을까. 아주머니는 너무 솔
깃해서 오히려 의심스러운 제안을 건넸다.

"새댁! 좀 위험한데, 괜찮은 아파트 될 물건이 있거든?
실투자금은 삼천사백이면 돼. 한번 해볼래?"

'위험한데 괜찮은 건······ 뭘까? 아파트 될 물건? 아파트가 아니란 건가?' 머릿속에 떠오르는 백여 가지 생각을 억누르며 물었다.

"정말 삼천사백만 있으면 돼요? 그게 뭔데요?"

이것이 재개발·재건축 부동산 투자의 시작이었다. 당시 우리가 살던 은평구에는 이곳저곳에서 재개발과 재건축이 이루어지고 있었다. 멀리 구파발의 은평 뉴타운부터, DMC 근방의 수색증산 뉴타운까지. 심지어 내가 살던 전셋집도 구역을 정해 노후 주택들을 헐고 지어진 대단지 아파트 내에 있었고, 우리 집 코앞에서도 속도만 다를 뿐 재개발과 재건축이 진행되고 있었다.

귀인 아주머니의 물건 또한 우리 집 바로 앞에서 철거가 한창이던 재건축 구역 내 낡은 빌라였다. 작은 빌라였기에 감정평가 가격이 낮아서 실투자금도 적었고, 집주인에게 근저당이 잡혀 있어 평가 금액에 붙는 프리미엄(웃돈)이 낮은 대신, 위험할 수 있다는 말이었다.

"근데 새댁, 빨리 결정해야 해. 이렇게 좋은 물건은 나
도 오래 기다려줄 수가 없어. 새댁네가 딱하고 예뻐서
해주려는 거야. 재개발이라서 위험하다 생각할 수 있
는데, 위험한 단계는 지났어."

토요일에 이 이야기를 듣고서 주말 동안 혼란과 갈등에 휩
싸인 채 열심히 재개발과 재건축에 관한 정보를 찾아봤다.
아파트에 입주하는 방법은 구축 아파트 매매나 신축 아파
트 청약 당첨밖에 몰랐던 나에게 재개발·재건축은 완전히
놀라운 신세계였다.
재개발과 재건축은 크게 계획 → 실행 → 완료의 단계로 볼
수 있는데, 그중 내가 판단했던 투자의 적기는 실행의 반
이상을 지난 시점, 그러니까 구주택의 이주와 철거가 이루
어지는 때였다. 이주와 철거가 이루어진다는 것은, 관리처
분계획 인가를 받았다는 뜻이다. 즉, 정부에서 조합원의 낡
은 집을 '아파트 입주권'으로 인정했다는 것이고, 이제 남은
것은 아파트로의 변신, 그러니까 착공과 일반 분양, 입주뿐
이기에 결국 재개발 사업이 뒤집힐 가능성은 크지 않다는
의미였다.

진행 단계를 대략 정리해보면 이렇다.

계획 단계	(안전 진단) - 정비 기본계획 - 정비구역 지정 - 조합설립 추진
실행 단계 ①	조합설립 인가 - 시공사 선정 - 사업시행 인가 - 관리처분계획 인가
실행 단계 ②	※**내가 투자한 시점** - 이주 및 철거 - 착공 신고 - 일반 분양
완료 단계	준공 인가 - 소유권 이전/고시 - 청산 - 입주

'멘붕'의 주말을 보내고 출근한 월요일. "얼른 결정해야 해!" 하는 중개사의 재촉하는 목소리가 귓가에 울리며 거듭 쪼들리는 심정으로, 모니터 앞에서 결정했다. 이 '위험한데 괜찮은 아파트 될 물건'을 사기로.

그로부터 몇 달 뒤 나는 출산을 했고, 짧은 출산휴가를 보내고 복귀한 회사에서의 일상 또한 혼란과 갈등의 나날이었다. 재테크 책 기획들이 까인 이후로, 편집자로서 스스로 잘할 수 있고 잘하고 싶은 분야는 무엇인지를 묻고 또 물었다. 마침 회사에서는 투고로 들어온 에세이를 출간했는데,

그 에세이가 SNS에서 큰 반향을 일으키며 예상 밖의 판매
고를 올리던 참이었다. 팀장님도 놀라고, 나도 놀랐다.

　"아니, 이게 왜 이렇게 나가는 거야?"

거의 최초로 대형 SNS 채널을 이용한 바이럴 마케팅을 진
행한 책이었다. 저자 또한 큰 채널을 가지고 있었고, 특히
페이스북에서 우리 책 콘텐츠의 반응이 뜨거웠다. 공유와
페친 소환이 빠른 속도로 이루어졌고, 댓글에 대댓글이 달
리며 '좋아요' 알람이 쉬지 않고 울렸다. 그렇게 콘텐츠가
'터진' 다음 날 아침이면 주문이 밀려들었다.
새로운 시장을 찾은 듯했다. 하고 싶은 분야는 '재테크'이지
만, 당장 잘할 수 있는 분야는 '에세이'라는 답을 내렸다. 그
즈음 대형 출판사에 다니던 경희 선배에게서 연락이 왔다.

　"주현아, 우리 팀에 자리가 났는데 올래?"

경희 선배와는 이전 회사에서 같이 일한 뒤로, 틈틈이 만나
고기를 사 먹고, 하이볼을 마시며 회포를 풀던 사이였다.

비슷한 시기에 결혼했고(선배가 알려준 덕분에 결혼식장도 같은 곳에서 했다), 비슷하게 짠순이 경향이 있었으며, 거의 같은 시기에 집과 재테크에 관한 고민을 품은 덕에 우리는 할 말이 많았고 마음도 잘 맞았다.

우선은 에세이 분야부터 제대로 파봐야겠다는 생각이 들던 찰라, 대형 출판사의 에세이 명가 팀에서 그것도 경희 선배와 함께 일할 수 있는 환경까지, 최고의 조건이었다. 마치, 당시 빠져 있던 드라마 〈도깨비〉에서 공유가 튀어나와 "나와 같이 가줄래?" 하고 내게 프러포즈를 하는 듯한 심정이었다.

그럼에도 막상 이직을 하려니 갈등이 되었다. 오래 다닌 회사에 정도 들었고, 많은 것을 알려준 팀장님께도 의리를 지키고 싶었다. 깊은 고민은 며칠 뒤 어느 겨울날, 찢어진 스타킹과 함께 끝났다.

아이가 아파서 신촌 세브란스병원에 입원해 있었는데, 마감이라 야근을 하고 파주에서 서울로 가는 마지막 2200번 버스를 놓치지 않기 위해 세차게 달리고 있었다. 평소에도 잘 넘어지던 나는 마침 그날 또 넘어졌다.

겨우 버스를 잡아탄 뒤 애써 치마를 내려 피 나는 무릎과

찢어진 스타킹을 가리며 서울로 향하던 그 시간, '더는 파주에서 일할 순 없겠다' 하는 결심이 섰다.

그리고 이직을 했다.

3000만 원짜리 신축 아파트가 있다고?

내가 기획편집한 첫 재테크 책 《돈 되는 아파트 돈 안 되는 아파트》가 나오기 직전에 나에게는 더 큰 이벤트가 있었는데, 바로 첫 아파트를 산 일이다.

부동산에 관심이 생기고, 부동산 저자들을 만나면서 부동산 상승론자가 된 나는 빨리 집을 사야 한다는 조급증에 걸렸지만, 안다고 바로 행동할 수 있는 것은 아니었다. 평생 대출이 무서웠고, 큰돈을 써본 적이 없는데 갑자기 억 단위 돈을 지출한다고 결정하기가 쉬운 일이겠는가. 그렇다고 가만히 있을 수는 없었다.

여기저기 임장(부동산 탐방)을 다니며 '이렇게 비싼 아파트가 여기서 더 오를까?' 하는 생각에 수많은 아파트를 애써 외면하던 차였다.

　"선배, 삼천이면 아파트를 살 수 있대."
　"어떻게 삼천으로 아파트를 사?"
　"내가 얼마 전에 동네 부동산을 가봤는데, 지금 짓는 아파트 입주권에 프리미엄을 주고 사두면 나중에 새 아파트에 입주할 수 있대."

전 직장 동료이자 비슷한 시기에 결혼한 주현이 하루는 집에 놀러와서 처음 듣는 이야기를 늘어놓았다. 사실 주현의 이야기를 다 이해한 건 아니었다. 아직 짓지도 않은 아파트가 거래 대상이 된다는 것도 와닿지 않았다. 하지만 '3000만 원', 몇 억 원을 한 번에 대출받아야 한다는 두려움에 떨던 내게 3000만 원이라면 기꺼이 해볼 만한 도전으로 느껴졌다.

그때부터 나는 3000만 원 정도로 살 수 있는 분양권을 찾기 시작했다. 마침 다니던 출판사가 경기도에 있었고, 당시나는 그 회사를 평생 다닐 거라고 생각했기 때문에 회사에서 가까운 경기도권의 물건을 찾았다. 물론 서울 아파트 분양권보다 가격이 싸다는 점이 가장 큰 매력이었다. (그땐 몰랐지, 비싼 걸 사야 더 비싸진다는 것을.)

내가 선택한 지역은 삼송이었다. 아직 공사가 계속되던 시기여서 삼송은 무척 어수선했지만, 원래 부동산은 장화 신고 들어가서 구두 신고 나와야 돈 좀 버는 것 아닌가. 신분당선에 GTX 개통 가능성도 있다 하니 더 오를 여지도 있어 보였다. (그땐 몰랐지, 삽 뜨기 전엔 아무것도 확신할 수 없다는 것을.)

설사 가격이 떨어지더라도 어차피 실거주할 건데 지금 아
니면 어떻게 3000만 원으로 새 아파트에서 살아보겠는가
싶어서 부동산 책을 진행하던 작가님들께 조언을 구하고,
가계의 현금 흐름과 잔금 납입 일정, 대출금과 연 이자의
규모, 기타 부대 비용 등을 엑셀로 정리했다. 오히려 숫자
로 정리해보니 많은 것이 명확해졌다. 전세 대출 원리금을
갚아야 했지만 둘이 벌어 감당할 수 있는 규모였다.
판단이 서자 바로 분양권을 매매했다. 월세를 전전하던 내
인생에 새 아파트라니, 갑자기 성공한 인생이 된 것만 같
았다.

첫 집 매수 후 두 달 뒤에 출간된 나의 첫 재테크 책은 나오
자마자 베스트셀러가 되었다. 책에 큰 기대가 없었던 회사
에서는 갑자기 서점 광고를 잡기 시작했고, 그때까지 단 한
마디도 나누지 않았던 직원들이 나에게 말을 걸기 시작했
다. 무주택자 비율이 높았던 회사에서 아파트도 샀겠다, 기
획한 책도 팔리겠다, 갑자기 나는 뜻밖에 사내 부동산 전문
가가 되어 있었고, 내선 번호로 청약 상담을 하는 직원들까
지 생겨났다.

사람들은 생각보다 돈에 관심이 많았다, 이야기를 꺼낼 기회가 없었을 뿐. 그때 나에게 "이 아파트를 사도 되겠냐?" 물었던 사람이 족히 수십 명은 넘었을 거다. 그 시점에 나는 다양한 전문가들의 주장과 근거를 통해 집값이 떨어지기 어려울 것이라는 확신을 가졌기에, 여력만 되면 무조건 실거주 아파트 한 채는 사라고 권했지만 진짜로 집을 사는 사람은 극소수에 불과했다.

이때 많은 이와 이야기하며 알게 된 점은 다음과 같다.

① 사람들은 집값이 떨어질 것을 두려워했다. 하지만 명확한 근거가 있는 것은 아니었다.

② 사람들은 대출받는 것을 두려워했다. 하지만 막상 대출금의 연 이자를 계산해보는 사람은 드물었고, 대출 이자와 아파트 상승분을 비교해보는 사람은 없었다.

5만 원짜리 옷 한 벌 살 때는 인터넷 최저가를 몇 시간씩 뒤져보면서, 평생 모은 재산을 들여야 하는 거래에서는 말할 수 없이 막연하고 모호한 태도를 취했다. 판단에 자신이 없었기에 결정은 미뤄지고, 그 사이 집값은 더욱 올랐다.

나름 재테크 베스트셀러 편집자로 자리 잡은 나는 그 후로도 몇 권의 재테크 책을 연이어 출간했고, 어떤 저자로부터는 당신과 책을 내고 싶다는 제안도 받았다. 그때 내가 저자를 섭외하는 기준은 세 가지였다.

첫째는 전업 부동산 투자자가 아닐 것, 둘째는 데이터를 통해 주장을 명확하게 뒷받침할 것, 마지막은 부자뿐 아니라 서민의 관점에서도 부동산 시장을 이야기할 것이었다.

그렇게 마음이 맞고 가치관이 맞는 작가님들과 일하는 것은 일하는 것 이상의 소득이었다. 함께했던 재테크 책 작가님들은 주로 본업이 있고, 투자까지 하시는 분들이었는데, 책까지 쓰기로 했으니 얼마나 부지런한 분들이었겠는가.

겨우 회사를 다니며 방구석에서 자본주의 체제를 원망하고 사실상 아무것도 하지 않는 나 같은 것과는 아예 종이 다른 느낌이었다. 그 자체가 자극이었다.

부자란 일종의 불로소득의 열매라는 선입견이 완전히 깨지는 순간이었다. 누구보다 치열하게 공부한 결과를 정리한 것이 '책'이었으니, 어쩌면 나는 그들이 얻고 배운 것을 너무나 쉽게 받아먹고 있는 셈이었다. 그 기회를 놓치고 싶지 않았다.

……그러면 그냥 계속 열심히 회사를 다니면 됐는데, 평생 다닐 것 같았던 회사를 어느 순간 오래 다니기 힘들겠다는 생각이 들었다. 문제는 경기도에 사놓은 아파트였다. 회사만 아니면 경기도에 거주할 이유가 없었고 그간 꾸준히 부동산 시장을 바라본 결과, 어쨌거나 서울 아파트를 사야겠다는 결심이 들었다.

이제는 예전과 달리 결심하기에 오랜 시간이 필요하지 않았고, 나는 관심 매물을 추리며 다시 엑셀에 자산 현황과 추후 현금 흐름을 정리하기 시작했다.

사람들은 생각보다 돈에 관심이 많았다.
이야기를 꺼낼 기회가 없었을 뿐.

우리는 틈틈이 만나 고기를 사 먹고
하이볼을 마시며 회포를 풀던 사이였다.

비슷한 시기에 결혼했고
비슷하게 짠순이 경향이 있었으며
거의 같은 시기에 집과 재테크에 관한
고민을 품은 덕에 할 말이 많고
마음도 잘 맞았다.

은행 직원과
환상의 복식조가
된 날

세 번의 봄, 여름, 가을, 겨울이 지나는 동안 나는 전셋집 창문으로 이전에 사두었던 낡은 빌라가 허물어지고, 터 잡기를 한 뒤, 아파트가 되어 한 층 한 층 올라가는 풍경을 지켜봤다. 그 36개월 동안 모델하우스에서 본 대로 지어지는 아파트의 모습에 마음이 벅차올랐다.

조합원 분양가 3억 2000만 원은 전세금에 그동안 모아둔 돈을 더해 충분히 상환 가능했다(조합원 분양가는 통상 일반 분양가보다 1억 원가량 싸다). 약 4년 앞선 판단이 전세가보다 싼 금액에 서울의 신축 아파트를 안겨준 셈이었다. 그 아파트에 입주한 지금은 분양가의 세 배가 넘는 금액에 거래되고 있어, 시세 차익 효과까지 거둘 수 있게 되었다.

우연히 굴러온 복과 같은 제안으로 이루어진 결과였지만, 순전히 행운만으로 이루어진 것은 아니라고 생각한다. 그 사이의 고민과 공부와 결단 또한 결과의 방향에 영향을 미치지 않았을까. 행동하지 않으면 아무것도 이루어질 수 없다는 진리를 이때 깨우쳤다. 하지만 인간은 망각의 동물이라 했던가. 이후로도 나는 중요한 순간마다 행동하지 않은 자신을 탓하며 '~할걸'을 연발하며 슬피 우는 한 마리의 짐승이 된다.

무엇보다 나의 재테크가 그렇게 순조로웠던 것만은 아니
었다.

　"주현아, 미안한데 나 오백만 원만 빌려줄 수 있어?"

경희 선배에게서 온 메신저 메시지였다. 이직한 회사는 한
공간에서 많은 직원이 함께 일하고 있었고, 그러다 보니 업
무 지시부터 사소한 잡담까지 팀 내의 여러 말이 메신저 메
시지로 오갔다.

경희 선배에게 저 메시지를 받고는 적지 않게 당황했다. 안
그래도 입사 초기였던 터라 "ㅋㅋㅋ"와 "ㅎㅎㅎ"의 사이에
서 어떤 답을 칠지 고민하고, 꽉 찬 웃음을 날리고 싶을 때
도 경박한 이미지로 보일까 봐 참던 때였다. "네" "넵" "네
넵"의 차이로 팀원들의 특성을 파악하고, '이것까지 메신
저로 말씀드려도 되나? 이 보고는? 이런 농담을 던져도 될
까?' 하며 잔뜩 긴장을 타고 있을 때 도착한 저 메시지.

경희 선배는 고개만 돌려도 볼 수 있는 바로 뒤에 앉아 있
었지만, "선배, 무슨 일이야?"라고 말을 던질 수 없었다. 타
이핑 소리만 가득한 독서실 같은 분위기에서 차마 소리 내

어 말할 수 없었다.

한편으로는 '얼마나 상황이 급박하면 내게 부탁했을까. 자세히 설명하지 않는 걸 보니 뭔가 큰일이 있나 보다' 하는 생각이 들었다. 그러고 보니 전세금을 곧 올려줘야 한다는 말을 들었던 것도 같았다. 나중에 안 갚을 사람도 아니고, 나름 고민 끝에 내게 부탁했을 텐데 거절하고 싶지 않아서, 메신저 창에 떠 있는 계좌로 돈을 부쳤다. 그날따라 왜인지 메신저는 에러가 많았다.

컴퓨터가 이상하다며 다시 껐다 켠 경희 선배. 새로 로그인한 그에게 메시지를 날렸다.

"선배, 오백 보냈어."

그때 뒤돌아보며 내 등을 치던 경희 선배의 표정을 잊을 수 없다. "사람들은 모두 실성하여 길길이 날뛰며 울고 악을 써댔다. 그야말로 아수라장이었다." 표준국어대사전의 '아수라장' 키워드 예문에는 이런 문장이 있다. "너 뭐 한 거야?"라는 말을 들은 뒤 내 마음은 아수라장이 되었다.

그때 우리가 사용한 '네이트온 메신저'에는 유난히 피싱 사기가 많았다. 그날 내가 당한 것도 피싱 사기였다. 화장실에 앉아 있어도 불을 끄는 집안에서 자라, 커피 한 잔 사 먹는 것도 아끼려는 사람이 된 나에게 순식간에 500만 원을 잃는다는 건 너무나 큰 좌절이었다.

'가만 안 둬.'

입사 초기고 뭐고, 부끄럼이고 이미지고 뭐고 나의 소중한 500만 원을 갈취하려 한 일당을 용서할 수 없었다. "100배로 되갚아주지!"를 외치는 한자와 나오키(이케이도 준의 소설 주인공)처럼, 나는 솜망치 같은 주먹을 꼭 쥐고 자리에서 벌떡 일어났다. 분노 100퍼센트로 가득한 뇌에는 다른 생각이 끼어들 여지가 없었다. 복수심이 혈관 속을 맹렬하게 흐르는 느낌이었다.

잽싸게 해당 은행에 전화를 걸어 출금 금지 신청부터 했다. 조용한 사무실 분위기였지만 그때만큼은 목소리를 냈다(이것마저 타이핑을 쳐서 보고하기에는 속이 터졌다). 팀장님께 허락을 구한 뒤, 회사 앞에 있던 경찰서로 달려가 신고를 하고, 가까운 은행 지점을 찾아 계좌 주인의 신상 명세를 털었다.

사고 담당 은행원은 정의감이 넘치는 좋은 분이었다. 나와 한마음이 되어, 해당 통장에 출금 시도가 들어올 때마다 실시간으로 알려줬다(다행히 미리 해놓은 출금 금지 신청 때문에 피싱 일당들은 돈을 뺄 수 없었다). 동시에 대포통장의 명의를 빌려주고 이득을 취한 것으로 생각되는 계좌의 원주인을 은행으로 불렀다.

두 시간이 흐른 뒤 쭈뼛쭈뼛 내 옆에 선 사람은 뜻밖에도 평범한 아주머니였다. 은혜로운 은행원은 아주머니에게 단단히 호통을 치며 동시에 적절한 경고를 던졌다.

  "아주머니, 아주머니가 모르는 사이에 만들어진 계좌에 아무것도 모르는 이 아가씨의 전 재산이 들어 있어요!"(잠깐, 500만 원이 전 재산은 아닌데요. 하지만 아가씨라니, 고맙습니다……)

내가 반박과 추임새를 넣을 짬도 없이, 초스마트한 은행원의 입에서는 융단폭격이 계속됐다.

"이 돈, 돌려주실 거예요, 안 돌려주실 거예요? 동의 안
  하시면 경찰에 신고할 수밖에 없습니다!(잠시 전화기를
  드는 시늉을 취하며)"

그렇게 대포통장 명의자의 동의를 구한 은행원은 이번엔
내게 설명했다.

"죄송하지만, 전액을 돌려드릴 수는 없어요."

아, 아쉽지만 어쩔 수 없지. 내 잘못으로 벌어진 일인데, 일
부라도 받아야지······ 100만 원이라도 감사히 돌려받겠습
니다······ 하는 표정으로 고개를 끄덕였다.

"타행 이체 건이라서요, 수수료 오백 원을 제하고 넣어
  드릴게요."

이런 급박한 순간까지 회사의 규율과 업무 시스템과 자신
의 본분, 역할, 약간의 영업이익까지 취하다니. 그 은행의
전국 어느 지점에도 이렇게 일 잘하고, 똑똑하고, 성실한

직원은 없을 터였다. 그렇게 먼 길을 돌고 돌아 나의 소중한 4,999,500원이 다시 통장으로 돌아왔다.

여러 ATM기를 찾아다니며 출금 시도를 계속하던 피싱 일당들은 얼굴이 찍힌 사진만을 남긴 채 결국 포기하고 떠났다. 그로부터 몇 달 뒤, 경찰서에서 한 통의 전화를 받았다. 그놈들을 잡았다는.

　중요한 것은 감사와 보은이다!

한자와 나오키 모드는 아직 끝나지 않았다. 남은 것은 은행원에 대한 나의 감사와 보은의 표시였다. 회사 근처 백화점에서 추천을 받아 가장 좋다는 와인을 사서 선물했다. 은행홈페이지의 '칭찬합니다' 코너에 보도자료 쓸 때의 천 배가넘는 정성과 기원을 담아 장문의 감사 글을 올렸다. 지점 내 칭찬 엽서통에도 수시로 고마움을 표시하는 글을 써서 넣었다.

점심을 먹으러 밖으로 나갈 때면, 은행의 유리창 너머로 그분이 잘 계시나 한 번씩 들여다보기도 했다. 그리고 목격했다. '이달의 우수 직원' 안내문에 보이는 그분의 이름과 미소 띤 얼굴을.

500원으로 취할 수 있는 가장 큰 충격과 교훈을 얻은 날. 뜻밖에도 이날 이후 나는 회사에 완전히 적응해버렸다. 일단 이런 모습을 보인 것이 부끄러웠다. 그런데 나의 짠순이적 면모와 허당이지만 당하면 참지 않는 성격을 가감 없이 보이고 나니, 목욕탕에서 다 같이 시원하게 목욕을 한 뒤 바나나 우유를 마시며 미소를 나누는 심정처럼 상쾌하고 친밀해졌다. 뜻밖의 불상사에 진심으로 걱정해주던 팀원들의 모습에 몸도 마음도 완전히 풀린 느낌이었다.

그 뒤로 전원이 10만 부 이상의 베스트셀러를 만들어낸 편집자들로 구성된 팀에서, 나도 능력을 증명해 보이고 싶었다. 아니, 그런 마음보다는 '내가 이 팀에 민폐가 되면 안 되겠다. 나 때문에 우리 팀의 매출이 깎여서는 안 돼!' 하는 절박한 마음으로 1년 안에 성과를 내야겠다고 마음먹었다. '뭐부터 해야 할까?' 답은 하나였다. 내가 잘 아는 것부터.

회사에서는 그동안 수많은 에세이를 펴내왔는데, 그때까지는 SNS 작가의 에세이를 출간한 적이 없었다. 그렇기에 내가 처음 SNS 채널을 위주로 집필 활동을 하는 작가를 섭외하고 출간에 이르렀을 때 분위기는 반신반의였다.

< 054
> 055

그렇게 《모든 순간이 너였다》(위즈덤하우스, 2018)의 출간 이후, 모든 것이 달라졌다. 에세이 분야 1위를 넘어 종합 순위에서도 선전했다. 네이버 연관 검색어에는 "교보문구"가 등장했다. 교보문고가 서점인 것조차 모르는, 10대 독자들의 유입으로 책의 판매에 더 탄력이 붙었다. 가히 "오래가는 베스트셀러가 되려면 책을 안 사는 독자들까지 사주어야 한다"라던 대표의 말이 이해가 가는 순간이었다.

이후로는 내가 하고 싶던 기획을 할 수 있는 분위기가 되었다. 다양한 기획을 장려하는 회사에서, 그간 메모장에 적어두었던 눈물의 기획안들을 다시 펴들었다.

그리고 드디어 맡게 된 나의 첫 번째 재테크 책은 '가계부'였다.

책이 아니면
만날 수 없었던

나에게 제목 신이 내린 한 시기가 있었으니 그때 나온 책들이 《돈 되는 아파트 돈 안 되는 아파트》《돈이 없을수록 서울의 아파트를 사라》(2017), 《안녕하세요 내 이름은 인절미예요》(모두 위즈덤하우스, 2019) 같은 책이다. (벌써 왕년을 이야기하는 나이가 된 것 같아 씁쓸하다.)

그중 제목에 긍정적인 반응과 부정적인 반응을 가장 많이 받은 책이라면 바로 《돈이 없을수록 서울의 아파트를 사라》일 것이다.

아직 30대에게도 청약의 기회가 있었던 2016년 말, 나는 내 집 마련의 꿈을 이루기 위해 청약이 뜰 때마다 아파트 정보를 검색했다. 그때도 아파트는 비쌌고, 혹시나 당첨이 될까 봐 강남 가까운 지역은 시도조차 못 한 시기였다(당첨되고 고민해도 늦지 않았을 것을……).

여러 블로그에 올라온 정보를 읽다가 한 블로그에서 무림의 고수를 만났는데, 이분이 올려주는 정보는 뭐가 달라도 달랐다. 쉽고, 친절하고, 무엇보다 무주택자의 마음을 너무 잘 알면서도, 대단히 분석적이었다.

나 같은 부동산 초보자가 읽기에도 걸리는 단어가 하나도 없었고, 서울과 경기도권 곳곳의 정보를 속속들이 알고 있었다. 이분은 분명 50대 공기업에 다니는 성실한 부장님일 것이다. 기존의 부동산 분야 저자들과는 글이 달랐다. 따뜻하고 서민적이었다. 완전히 새로운 부동산 책이 나올 수 있을 것 같았다.

네이버 쪽지를 보내 출간 제안을 드렸다. 며칠 뒤 "고민할 시간을 달라"라는 회신이 왔다. 역시 신중한 부장님다웠다. 시간이야 얼마든지 드릴 수 있었다. 그런데 이런저런 과정 끝에 미팅을 하게 된 나는 놀라지 않을 수 없었다. 그분은 겨우(!) 30대 초반의 직장인이었기 때문이다.

이제 막 서른을 넘긴 직장인이 이렇게 침착하고 인사이트 가득한 글을 쓸 수 있다고? 물론 그럴 수도 있겠지. 30대라고 부동산에 관심 없으라는 법 있는가. 하지만 적어도 내 주위 30대 초반의 직장인 중 부동산에 관심 있는 이는 아무도 없었다. 슬쩍 나이를 물으니 남편과 동갑이다. 남편은 맨날 집에서 맥주 마시면서 축구나 보고, 게임만 하고 있는데……. (더 이상은 생략한다.)

여하튼 젊은 작가님이셔서 그런지 말이 잘 통했고, 글처럼 설명도 쉬웠다. 작가님의 머릿속에는 서울 아파트의 가격지도가 들어 있었는데, 나는 당시 아파트 가격을 형성하는 조건들에 대해 잘 파악하지 못했기 때문에 들려주시는 모든 이야기가 새로웠다. 신중한 분이었지만 자기 이름으로 책을 낸다는 것을 의미 있는 일이라고 여겨주셨기 때문에 우리는 한 권의 부동산 책을 함께 낼 수 있었는데, 그 책이 바로 《돈이 없을수록 서울의 아파트를 사라》였다. 강력한 메시지를 담은 제목 덕분인지 책은 쉽게 바이럴이 됐고, 그해 가장 화제성 있는 부동산 베스트셀러가 되었다.

작가와 편집자는 적어도 인생의 어느 순간 동안은 친구나 가족보다 더 긴밀하게 이야기를 주고받는다. 특히 재테크 책의 경우는 기간 대비 훨씬 밀도 있는 작업이 이루어진다. 밤도 낮도 없이, 평일과 주말을 가리지 않고 끊임없이 묻고 확인하고 대화해야 했고, 그렇기에 다른 분야의 작가님보다 더 큰 동지애 같은 걸 느끼는 분야였다.

그렇게 나온 책이 좋은 반응을 얻으면 작가님과 차기작 이야기를 나누며 기분 좋게 대화를 이어나갈 수 있지만, 고생 끝에 만든 책의 반응이 저조하면 편집자로서는 죄송한 마음에 부담 없이 말을 건네기 어려워진다. 그간의 재미있고 의미 있던 과정과는 별개로, 결과 때문에 이전의 시간이 없던 일처럼 되어버리는 것. 그것은 생각보다도 쓸쓸한 일이었기에 나를 믿어준 작가님들을 위해 꼭 팔리는 책을 만들려고 한다. 그래야 함께 다음을 이야기할 수 있으니까.

다행히 《돈이 없을수록 서울의 아파트를 사라》는 많이 팔렸다. 결과도 좋았고, 또래라 더 편했던 작가님과는 책이 나온 이후에도 친구처럼 이런저런 대화를 나누고, 농담을 주고받고, 페친으로서 일상을 나눴다.

모르긴 몰라도 책 한 권으로 인해 작가님의 인생이 무언가 바뀌긴 바뀐 것 같았다. 나는 작가님들께 이런 이야기를 자주 한다. 책이 돈이 되지는 않지만 기회를 주기는 한다고. 물론 그 기회를 어떤 방향으로 끌고 갈 것이냐는 온전히 자기 몫이지만 말이다.

그 뒤로 4년이 지났다. 그 사이 작가님께 책 한 권 더 내보실 생각이 없냐고 물었다가 몇 번 까였다. 하지만 작가님이 거절하시는 이유를 모르지 않았다. 그때면 당장 매출을 내기 위해 작가님께 연락했던 나 자신이 조금 부끄러워지기도 했다.

그러던 어느 날, 작가님으로부터 책 한 권을 더 써보겠다고 연락이 왔다. 달라진 점이 있었다면 첫 책을 낼 때 나는 대형 출판사의 편집자였지만, 지금은 신생 출판사를 시작했다는 점이다. 체감상 빈털터리에 가까웠던 나는 믿고 원고를 주시겠다는 작가님의 말에 기꺼이 몸을 갈았다. 그리고 우리는 또 한 권의 책을 만들었다. 바로 《모두가 기분 나쁜 부동산의 시대》(빅피시, 2021)라는 책이다.

얼마 전, 작가님은 미국 주재원으로 한국을 떠나셨다. 요즘은 주로 작가님들과 온라인으로 의견을 주고받기 때문에 실제로 만날 일이 자주 없다. 그런데도 오랜 친구가 떠난 것같이 섭섭하고 아쉽다. 언젠가 작가님이 책 한 권을 더 낸다면 그때도 나에게 원고를 맡겨주실까? 그때 주고받는 농담도 원고만큼 재미있겠지? 그런 날이 한 번 더 온다면 바랄 게 없겠다.

그날 먹은
삼겹살이
18억짜리였구나

허
주
현

가계부 책은 내가 입사하기 전부터 팀의 효자 노릇을 톡톡
히 하던 알짜 콘텐츠였다. 팀에서 두 명의 쟁쟁한 편집자가
각자 본인의 개성에 맞게 편집한 가계부를 이미 2년간 내
놓았고(그중 한 명이 경희 선배), 두 권 모두 베스트셀러가 되
어 매출에 힘을 보태고 있었다. 어찌 보면 중박은 칠 수 있
는 탄탄대로의 콘텐츠였지만, 한편으로는 '내가 만든 책부
터 안 나가게 되면 어쩌지?' 하는 불안감도 들었다.

그때 나는 어떻게든 기본 구매층을 확보하고 싶었다. 그래
서 기존의 가계부 사용자들에 새로운 구매층을 더해 매출
을 활활 일으키고 싶었다(이때의 나는 욕망의 화신이었다). 콘
셉트부터 바꿨다. 온라인 채널의 거대한 힘, '찐팬'들의 사
랑이라는 축복이 빚어내는 판매 부수의 기적을 다시 한번
누리고 싶었다.

당시 매일같이 들여다보며 짠테크 팁을 얻던 재테크 카페,
'월급쟁이 부자들'의 운영진을 저자로 섭외했다. 25만 명
(2022년 5월 기준 45만 명)의 회원들이 올린 글 중 '명예의 전
당'에 오른 '짠테크 of 짠테크' 팁들을 정리해 앞붙이에 배치
했다. 구성도 하루 예산에 맞게 쓸 수 있고, 주간 결산까지
할 수 있는 방식으로 바꿨다. 튼튼하지만 무거웠던 양장제

본도, 처음부터 끝까지 사용하기에 편리하도록 활짝 펴지는 사철제본으로 변경했다. 그렇게 출간한 책이 《2020 월급쟁이 부자 가계부》(위즈덤하우스, 2019)이다. 이때 얻은 재테크 팁 중에 알아서 정말 다행이라 생각하고, 지금까지도 실천하는 것이 있다. 아래 내용이다.

1. 주유를 할 때는 '오피넷'에서 주변의 유가를 비교한다(우리 동네 싼 주유소 Top 5 메뉴 검색). 주유비 할인 혜택이 있는 카드를 사용하면 두 배로 절약이 된다.

2. 전자책 도서관, 그중에서도 '구독형 전자책 도서관'을 적극 활용한다. 물론 무료다. 오래 기다려야 신간 전자책을 볼 수 있는 다른 도서관들과 달리 구독형은 대출 제한과 예약 대기 없이 바로바로 빌릴 수 있어서 신간도 쉽게 볼 수 있다. 대표적인 구독형 전자책 도서관으로는 서울전자도서관, 영등포구립도서관, 양천구 e-도서관, 대구전자도서관, 광주광역시립도서관, 부산광역시 전자도서관 등이 있다. 방문하지 않고 방 안에 앉아 대여해 바로 읽을 수 있고, 알아서 반납되는 시스템이라 이보다 간편할 수 없다.

3. 실비 및 각종 의료보험을 리모델링한다. 웹사이트 '내 보험 찾아줌'에서는 언젠가 보험 영업하는 친척을 위해 엄마가 들어뒀던 해묵은 보험, 제대로 모른 채 가입해버린 특약 가득한 보험의 흔적까지 샅샅이 찾아내, 새는 돈을 막아준다. 보험만 잘 정리해도 한 달에 최소 3~5만 원은 절약할 수 있다.

4. 연말정산 혜택이 있는 상품에 가입한다. 연금저축계좌, 퇴직연금계좌(개인형 IRP)만 만들고 돈을 넣어도 납입액의 최대 16.5퍼센트까지 세액공제를 받을 수 있다(한도 있음). 만 55세 이후에 웃고 있을 나를 생각하며 넣는다. 만 34세 이하라면 회사 재무팀에 '중소기업 청년 소득세 감면' 신청 가능 여부를 꼭 확인하자. 최대 150만 원을 돌려받는다.

재테크 카페의 힘은 출간 초기 판매에 불을 붙여주었다. 카페 회원들이 앞다투어 구매하고, 사용 후기를 게시판에 공유하면서 출간 전의 우려를 깨끗이 씻어낼 만큼 원활히 판매가 이루어졌다. 기존의 가계부 독자들도 새로워진 구성을 반기며 구매해주었다. 안도했다.

매일같이 짠테크의 화신들과 이야기하고 여러 꿀팁을 접한 덕분인지, 피싱 사태 이후로 주춤했던 나의 재테크 의지에도 차츰 다시 불이 붙었다. 재개발·재건축 투자를 제대로 해냈다는 자신감도 한몫했다. 갭투자보다 적은 돈으로 신축 아파트를 살 수 있다는 매력에 나는 흠뻑 매료되었다. 최소 2년이라는 시간이 걸린다는 단점이 있었지만, 그때는 스스로 젊다고 생각했고, 실제로 시간은 많았다. 단지 내가 대출 앞에서 한없이 작아지는 개복치라는 점만이, 유일하지만 막대한 장애물이었다.

경희 선배와 틈틈이 주말에 만나 모델하우스를 보러 다니고, 재개발·재건축 정보를 주고받던 나날 중 하루였다. 점심을 먹고 수색증산 뉴타운의 지도를 편 나는 모든 교통과 편의시설이 한자리에 모이는 꼭짓점, '여기는 반드시 된다!'는 확신이 드는 입지를 짚었다. 이름하여 증산 2구역. 이미 6호선, 공항철도, 경의중앙선이 지나는 DMC역을 끼고 있는 트리플 역세권이었고, 향후 강북횡단선 등의 개통으로 쿼드러플 역세권이 될 지역이었다.

상암동의 방송국과 오피스 단지를 배후에 둔 아파트로, 앞으로 꾸준한 수요가 기대됐다. 그뿐만이 아니었다. 단지 주변으로 DMC역세권 개발, 수색역세권 개발, 롯데쇼핑몰 착공, 월드컵대로 개통 등이 예정되어 호재가 불꽃처럼 찬란하게 터지는 수색증산 뉴타운의 꽃이었다. 그렇다, 나는 이 모든 호재를 너무나도 잘 알고 있었다. 당시 철거와 이주가 이루어지던 시점으로, 투자 시기도 딱 좋았다. 우리의 눈빛은 빛났다. "가자, 사자!"

퇴근 이후, 선배와 나는 증산 2구역 매물을 가장 많이 가지고 있는 부동산 중개소로 향했다. 호기롭게 문을 열고 들어가서, (이미 재개발·재건축을 경험해봤음을 어필하며) 가장 좋은 매물을 소개해달라고 했다. 그러니까 실투자금이 적으면서도, 현금 청산 등의 위험이 없는 안전한 조합원의 지위를 가진 자의 매물을 원했다. '실장'이라고 자신을 소개한 남자는, '원탑 인강 강사' 같은 포스로 현란하게 판서를 해가며 귀에 쏙쏙 들어오게 브리핑을 해줬다. 서너 개 매물의 감정평가 금액과 P(프리미엄)를 듣던 우리는 동시에 한 가지 질문을 던졌다.

"그러니까 대출받아야 하는 금액이 얼마라고요?"

"일억 오천."

예상보다 큰 금액을 대출받아야 했던 우리는 이 금액을 듣고는 차게 식었다. "고민 좀 해보고 올게요." 그렇게 중개소를 나와 알차게 요점 정리된 매물 리스트 메모를 망설임 없이 가방에 쑤셔 넣고, 우리가 힘차게 향한 곳은 고깃집이었다.

"성산동의 자랑, 성산왕갈비입니다!"

평소 과찬하지 않는 경희 선배가 이렇게 말한다면 그 집은 '찐' 맛집이었다. 선배의 소개에 이미 가슴이 설레어버린 나는 증산 2구역을 깨끗이 잊었다. 그렇게 해맑은 모습으로 '그런 금액의 대출은 당치도 않다'고 고개를 저으며, 삼겹살을 부지런히 구워 먹었다. 평생 잊을 수 없을 만큼 그날의 삼겹살은 맛있었다. 아마 한 점에 500만 원씩은 하는 삼겹살이라서 그랬나 보다.

그때 1억 5000만 원을 대출받아 5억 원대에 살 수 있었던 34평 아파트는, 현재 아직 입주 전임에도 18억 원까지 호가가 나왔다. 지금의 회사가 있는 상암 오피스 타운에서는 이 아파트를 짓는 모습이 보여서, 볼 때마다 그날 삼겹살만 먹고 헤어진 우리를 기억하게 한다. 한없이 맛있게 고기만 구워 먹고, 해맑게 손을 흔들며 헤어진 우리를.

그 뒤로도 경제적인 상황이나, 커리어 면에서 우리에게는 많은 일이 일어났다. 특히 그즈음 출판계에는 트위터가 만들어낸 분노와 절망의 회오리바람이 휘몰아쳤다.

돈의
맛

이
경
희

나는 2월이 싫었다. 월세 계약이 만료되는 2월이면 보증금 500만 원을 들고 월셋집을 알아봐야 했다. 겨울 중의 한겨울. 500만 원 보증금으로 얻을 수 있는 집은 뻔했다. 최대한 덜 최악인 집을 구하러 다니며 때때로 괄시와 수모를 겪을 때마다 생각했다. '어차피 내 일을 대신해줄 사람은 아무도 없고, 피할 수 없는 일이니 슬프거나 힘들다고 생각하지 말고 그냥 빨리하자.' 서럽다고 울어봐야 만 원짜리 한 장 생기지 않는다는 걸, 나는 서른이 되기 전에 알았다.

그날도 2월이었다. 이 넓은 서울에서 은평구 신축 아파트 입주권을 매수하기로 마음먹은 나는 눈발이 날리던 어느 날, 한 부동산에 방문했다.

은평구 신축 아파트 입주권을 사기로 결정한 데에는 몇 가지 이유가 있었다. 일단 우리 부부가 최대로 가용한 자금이 2억 원 남짓이었는데 당시에는 이미 아파트 가격이 많이 올라서 2억 원 갭을 끼고 살 수 있는 아파트가 많지 않았다. 있다 해도 직장에서 너무 멀거나 컨디션이 별로였다. 썩어가는 신혼집에서 산 지 5년 차, 구축이라면 지긋지긋해진 상태였다. 이제는 주차장 넓고, 녹물 안 나오고, 웃풍이 없는 아파트에서 살고 싶었다.

"사장님, ○○아파트나 ○○아파트 매물 나온 게 있나
요? P가 얼마나 돼요?"
"10분 전에 나온 물건이 하나 있는데 앉아보세요."

이미 몇 차례 인근 부동산을 돌아봤으나 물건이 많지 않았
다. 그런데 마침 사장님이 소개해준 그 매물은 총 매매가도
적절했고, '영끌' 하면 초기 P와 계약금까지는 감당 가능한
수준이었다.

"사장님, 지금 계약금 보낼게요. 계좌 주세요."

이미 시세와 물량을 파악한 상태였기 때문에 더 볼 것도 없
었다. 사실 너무 추워서 더 돌아다니고 싶지도 않았다. 그
렇게 부동산에 들어간 지 10분도 되지 않아 나는 서울 아파
트 입주권을 매수하게 되었다. (하지만 입주 후, 부동산 사장님
이 집 앞에 절이 있다는 사실을 알려주지 않았다는 것을 알게 되
었다. 한 작가님께서는 "외국인들이 찾는 에어비앤비로 사용하기
에 좋은 절 뷰(view)"라고 위로해주셨지만 위로가 되진 않았다. 만
약 현장을 보지 않고 부동산 거래를 한다면 인근 시설까지 꼼꼼히

살펴야 한다는 점을 깨달았다. 지금은 매일 템플스테이 하는 기분으로 살고 있다.)

그리고 2년 뒤, 나는 드디어 서울 아파트에 입주했다. 아파트 호가는 내가 매매한 2년 전보다 5억 원쯤 오른 상태였다. 먹지 않아도 배가 불렀다. 이거구나, 이게 돈의 맛이구나. 월급만 모아서는 절대 집값 오르는 속도를 따라잡을 수가 없겠구나. 나는 입주하자마자 2년 뒤 상급지로 갈아타기 위한 계획을 세우고, 이후 플랜에 맞춰 경기도에 있는 아파트를 처분하기로 했다. 그런데 뜻밖의 난관을 만났으니 그것은 바로 '세금'이었다.

어쩌다 보니 《아는 만큼 돈 버는 부동산 절세 전략》(위즈덤하우스, 2018)이라는 책을 만든 적이 있는데, 그때 작가님이셨던 세무사님께서 언제든 상담해준다고 하셨기에 (책이 나온 지 2년도 넘었지만) 나는 또 뻔뻔하게 그 기회를 놓치지 않았다. 새 정권에 들어 세법이 복잡해지면서 세무사들이 '양포세'(양도세를 포기한 세무사)를 자처할 만큼 양도세제가 엄청나게 복잡해진 상황이었다.

대충 인터넷으로 알아본 바로 나는 일시적 1가구 2주택자로서 세금을 안 내도 되는 케이스였다. 그런데 막상 상담을 받아보니 분양권에 입주권을 구매했다가 기축 아파트를 매도한 케이스로, 아주 예외적이면서 드문 사례였기에 상황이 좀 복잡했다.

"편집자님, 세금을 다 내셔야 할 것 같아요. 양도세가 많이 나오겠는데 어쩌죠?"

세금을 낸다는 가정은 나에게 없는 시나리오였다.

"세금을 안 내는 방법이 있기는 한데……. 이건 농담이니까 그냥 우스갯소리로 들으세요. 잠깐 이혼을 하시면 됩니다. 하핳."

세무사님은 웃었지만 나는 진지했다. 남편에게 이 말을 전하니, 이혼하면 재혼 안 해줄 것 같다며 거절당했다. 이혼도 실패였다. 이제 세금을 안 낼 수 있는 방법은 없었다. 2주택을 유지할 것인가, 아니면 1주택자로 남을 것인가. 결국 나는 경기도 아파트를 팔기로 결심했다. 왜냐하면, 귀찮았기 때문이다. 나는 부동산 투자로 큰돈을 벌 수 있는 깜

냥이 되지 않았다. 거주하지 않는 집에 세입자를 계속 들이는 것도, 그 집을 관리하는 것도 머리 아픈 일이었다. 집값은 오르고 있었지만 세금도 늘고 있었다. 애초에 투자용으로 산 아파트도 아니니 처분하고 그 돈으로 다른 투자를 하며 상급지로의 기회를 기다리는 게 낫겠다고 생각했다. 그게 내 성격에 맞았다.

집을 팔고 세무사님께 양도세 신고를 부탁드렸다. 세무사님께서는 "이제 거래 계획을 세우기 전에 세금 계획부터 세워야 하니 다음에는 결정하기 전에 상담을 오시라"라고 당부하시면서 상담료를 깎아주셨다. 작가님들은 다 천사다.

이제 내가 살 집 한 채만 남았다. 예상외로 마음이 홀가분했다. 집이 있다는 것은 숫자 이상의 무언가라는 생각이 들었다. 이제 더는 추운 겨울에 집을 알아보러 전전하지 않아도 되는 것, 벽에 못을 박거나 TV를 달기 위해 주인집에 물어보지 않아도 되는 것, 자잘한 수리를 청구하면서 눈치를 보지 않아도 되는 것, 집값이 오르거나 내리는 것과 상관없이 서울 하늘 아래에 머물 곳이 있다는 것.

그것만으로 충분하다는 생각이 들었다. 물론 세금을 덜 냈으면 더 좋았겠지만 말이다.

운명을 바꿔준
부동산계
현인과의 만남

'출판계 옆 대나무숲'. 어느 날 갑자기 홀연히 등장해, (사장님을 제외한) 많은 출판인의 공감과 찬사를 얻으며 별안간 출판계 뜨거운 이슈로 떠올랐던 화제의 트위터 계정. 출판인이라면 한번쯤 들여다본 경험이 있을 것이다. 어느 날 그 계정에 올라온 트윗 하나로, 나는 편집자로서의 삶과 미래에 깊은 회의를 품게 되었다.

#익명의설문지
#출판계_연봉공개

이런 해시태그와 함께 올라온 스프레드시트 링크를 열어보니 출판사에 다니면서 벌 수 있는 돈의 현주소가 적나라하게 드러나 있었다(이 글을 쓰면서 들어가 보니, 연봉 정보는 현재도 업데이트 중이다. 본인이 적절한 처우를 받고 있는지 궁금한 출판인이라면, 한번쯤 들어가 보시길).

연봉 1800만 원으로 시작한 나 때보다 조금도 나아지지 않았다. 나보다 더 높은 연차의 경력자라고 해서 괜찮은 연봉을 받는 것도 아니었다. 재개발 부동산 투자로 돈의 단맛을 맛보고 있던 시점에, '이 일을 계속해도 될까?' 하는 고민이 들었다. 때마침 전직의 기회도 찾아왔다. 전혀 뜻밖의 업계에서.

> "새댁, 나랑 같이 일하지 않을래? 우리 실장 자리가 비었는데, 내가 잘해줄게. 새댁한테선 재능이 보여! 딱 보면 안다니깐!"

좌절에 빠진 자에게 이 말은 천상의 목소리처럼 들렸다. 눈부시게 서광이 비치는 곳에 서 있는 사람은 귀인 아주머니였다. 주변의 재개발 현황과 시세 확인차 들렀던 부동산 중개소에서 스카우트 제안을 받은 날, 내 동공은 심하게 흔들리고 있었다. '그래, 이거다. 이 길이야.'

실장으로 2년 정도 일하며 경험을 쌓고, 그 사이 공인중개사 시험에 합격해서 업장을 오픈한다! 30대 중후반에 자기 업장을 가진 공인중개사! 꽃길이 탄탄대로로 펼쳐져 있을 것만 같은 계획이었다. 이때만큼은 짠순이 기질을 벗고, 공인중개사 대비 수험서도 20만 원어치 호쾌하게 질렀다. 하지만 그때는 몰랐다. 부동산이 다시 나를 출판계에 발붙이게 할 줄은.

탑곰입니다. 3개월 내에 사야 하는 아파트 10곳입니다.

당시 부동산 분야에서는 대형 부동산 커뮤니티에서 활동하는 네임드 유저들의 책이 하나둘 등장해 베스트셀러에 올랐다(현재는 부동산 유튜버로 흐름이 바뀐 듯하다). 그래서 저자 물색 겸, 정보 탐색 겸 하루에 10번 정도 커뮤니티를 들락거렸다(편집자의 또 다른 직업 = 네티즌).

유난히 '어제의 게시글 TOP' 게시판에 붙박이로 자주 등장하고, 눌러보지 않을 수 없는 시선 강탈 제목의 게시글을 올리는 유저가 있었다. 당시 가입되어 있던 카카오톡 부동산 오픈 채팅 '은평구방' '마포방' '강남방'에서도 이 유저를 사칭하는 사람이 나타나 아파트를 추천하고 사라지는 일이 벌어지기도 했다.

마치 부처처럼 세상 온화한 말투와 이모티콘을 사용하며, 꾸러기 어그로꾼들의 무례한 댓글에도 결코 화내지 않고 오히려 그들의 갱생을 기원하며 앞날을 축복하는 그의 별명은 '부동산계의 현인'이었다.

다음 날 경희 선배에게 의견을 물었다.

"이 사람 어떨까? 임장 경험이 빠삭해서, 마치 살아본 것처럼 각 동네 아파트의 장단점과 시세를 꿰고 있어. 자주 바뀌는 부동산 정책, 대출 제도도 정확하게 알고 있고."

어느 아파트의 배관이 녹슬어서 녹물이 나오고, 어느 아파트의 어느 동은 층간소음이 특히 심하며, 어느 아파트는 산에 걸쳐 있어 리조트 뷰가 나오지만 여름에는 모기떼, 겨울에는 산동물이 출몰한다는 정보까지 알고 있는 프로 임장러. 이 사람이라면 충분히 독자에게 도움이 되는 글을 쓸 수 있을 거라 생각했다.

기존에 흥했던 부동산 예측서가 아닌, 서울 구역별·가격대별 추천 아파트 정보를 실속 있게 알려주는 조금 다른 관점의 부동산 투자서를 만들 수 있을 터였다. 경희 선배와 함께 그분을 처음 뵌 순간, 눈을 의심했다.

'아니, 웬 젊은이가!' 부동산계의 현인이 나보다 어린, 눈앞의 젊은이라니. 놀라울 따름이었다. 놀람은 여기에서 그치지 않았다. 그가 쏟아내는 온갖 꿀정보에 그 자리에서 메모장을 열어 타이핑하기 바쁠 정도였다.

직장인임에도 그저 임장이 재미있어서, 주말마다 동네 한 군데씩 잡고 아파트와 주변 중개소들을 둘러본다는 그의 머릿속에는 이미 서울 각 지역의 알짜 아파트가 명쾌하게 정리되어 있었다.

미팅 후, 그의 입지 분석력을 적극 활용하는 방향으로 책의 구성을 짰다. 서울의 황금 입지 TOP 5를 추려 구별 특징과 주된 호재를 소개하고, 가격대별 추천 아파트 서너 곳을 소개하는 구성이었다.

관심 지역별로 찾아보기에도 편리하고, 가진 자금별로 살 수 있는 알짜 아파트를 훑기에도 용이하게 구성했다. 그 외 학군, 교통, 쇼핑권 등 꼭 필요한 생활 정보도 함께 정리해 넣었다.

그렇게 출간된 책이 《서울 아파트 황금 지도》(비에이블, 2021)이다. 관심 분야의 책이라 만드는 과정은 재미있었다. 비록 쏟아지는 부동산 정책에 끊임없이 내용 수정이 이루어져야 했고, 수많은 그래프와 표, 지도 정리에 골머리를 앓았지만, 관심 있던 아파트들의 장단점을 앉은자리에서 훤히 내다볼 수 있으니 신이 났다. 주말에는 틈틈이 작가님이 추천해주신 아파트에 임장을 다녀오기도 했다.

작가님과 나눈 이야기 중에 여전히 내 마음을 찌르는 한마디가 있다.

"저는 재개발·재건축 투자보다는 신축 분양권 투자를 선호해요."

상대적으로 투자금이 적게 들어가지만 최저 2년에서 최대 10여 년을 투입해야 하고 사업성에 따라 추가 분담금도 감당해야 하는 재개발·재건축보다는, 이미 실물로 존재해 불확실성이 거의 사라진 아파트나 일반 청약 대상 아파트에 투자한다는 것이었다.

이 말을 듣고 '아아, 그렇구나. 일리가 있다'라고 생각했으나, 인간은 어리석고 같은 실수를 반복한다고 했던가. 삼겹살을 먹으며 증산 2구역을 놓친 것이 내내 아쉬웠던 나는 수색증산 뉴타운 내 다른 구역의 재개발 매물을 샀다.

첫 재개발 투자로 성공리에 자가를 마련한 이후, 두 번째 재개발 투자였던 만큼 자신만만했다. 무엇보다 대출 없이 모아둔 돈으로 살 수 있을 만큼 투자금이 적게 든다는 점이 마음에 쏙 들었다. 하지만 바로 여기에 함정이 있었다.

초기 진행 단계의 재개발 매물은 그만큼 사업이 지연될 리스크가 크다. 이주와 철거가 완료되고, 그 자리에 아파트 공사가 진행되는 시점에서는 사업이 지연되거나 엎어질 리스크가 상대적으로 작다(그렇기에 P를 더 들여야 한다).

하지만 초기 단계의 사업에서는 어떤 일도 벌어질 수 있다. 리스크가 컸기에 P도 적게 필요했고, 자연히 초기 투자금도 적은 매물이었기에 덥석 물어버린 것이다. 그렇게 두 번째 재개발 투자를 하게 되었고, 나는 2주택자 포지션이 되었다.

그 뒤로는 지지부진한 사업 속도에 발이 묶인 채, 매해 낡은 빌라의 보수 공사를 하고 있다. 언젠가 입주하게 될 트리플 역세권의 40평형 신축 아파트를 꿈꾸며. 그래도 1년에 1억 원씩은 오르는 빌라의 시세 속에서 집 두 채의 양도세액을 분주히 계산해보며 지내고 있다.

이후 경희 선배와 나에게는 많은 일이 일어났다. 에세이와 재테크 분야 이외에 예술과 인문 등 새로운 분야에 도전해서 베스트셀러를 만들어내는 경험을 했다. 안락한 대형 출판사의 그늘 아래에서 할 수 있는 모든 것을 해봤고, 동시에 드높은 현실의 벽에도 부딪히며 한계점도 봤다.

　"40대 후반이 된 우리의 모습은 어떨까? 우리의 50대,
　60대는 어떨까?"

경희 선배를 비롯한 팀원들에게 때때로 이런 질문을 던져
본다. 그때까지 일터에서 버틸 수 없을지도 모르겠지만, 회
사 내의 정치에 시달리며 정작 책 만드는 데 집중하지 못하
는 풍경은 결코 우리가 원하는 모습은 아니었다.
또다시 하나의 톱니바퀴가 되어 회사의 시스템 사이에서
갈리고 상처 입을 마음은 도저히 들지 않았다. 우리가 지속
가능하게 노동하며, 행복하게 돈을 벌고, 서로를 지킬 수
있는 방법은 단 하나, 창업뿐이었다.

그렇게 경희 선배와 나, 소중한 우리 팀은 우리만의 회사를
만들었다. 편집 이외에도 신경 써야 할 일들이 많았고, 마
감 일정과 겹쳐서 몰려드는 운영 이슈에 교정지를 보다 눈
물이 난 적도 있다.

그래도 그런 하루하루가 쌓여 '우리만의 것'을 만들어나가고 있다. 이토록 소중한 우리의 일과 삶을 지키기 위해서라도, 나는 할 수 있는 모든 것을 다 해볼 작정이다.

욕망의
쌍생아,
창업하다

"은평구가 금평구가 될 때까지!!!!"

"그래 봤자 은평구 아파트는 잠실 아파트가 될 수 없어."

"······." (시무룩)

쉽게 희망을 품고 쉽게 포기하는 주현과는 12년 전 한 출판사에서 만났다. 우리는 회사에서 아무도 기대하지 않는, 그저 그런 책을 편집하는 신입 대리들이었다. 우리에게 차이점이 있었다면 주현은 그저 그런 책을 편집하면서도 그 책이 항상 베스트셀러가 될 거라는 꿈을 꿨고, 나는 그저 그런 책이 끊임없이 주어지는 상황에 대해 끊임없이 자괴감을 느꼈다는 점이다.

월급날, 이자카야에서 하이볼과 튀김을 인당 3만 원씩 먹는 게 최고 호사였던 우리의 연봉은 2000만 원대였다. 그런 우리가 이제는 은평구 신축 아파트에 살고 있는데, 여전히 주현은 은평구가 금평구가 될 것이라고 믿고, 나는 입지의 한계에 대해 끊임없이 자괴감을 느낀다는 것이 변하지 않았다면 변하지 않은 점이라 할 수 있겠다.

우리는 1년 정도 함께 일하다가 각자 이직을 했다. 연봉 때문에만 이직을 한 것은 아니었으나 이직을 해야만 연봉을 올릴 수 있는 것만은 분명했다. 작은 출판사에서 중견 출판사로, 중견 출판사에서 대형 출판사로 이직을 하면서 우리는 겨우 연봉의 앞자리를 바꿀 수 있었다.

연봉 인상 말고도 이직의 장점은 많았다. 주력 분야가 다른 출판사를 옮겨 다니면서 나에게 맞는 분야를 찾아 나갈 수 있었다. 실용서 출판사에서 경력을 시작한 나는 인문사회 출판사, 종합 출판사를 거치며 아무 책이나 만들 수 있는 출판사가 나에게 잘 맞는다는 걸 깨달았다.

또 마이크로 매니징을 추구하는 상사보다 자유 방임형 상사와 더 합이 좋았다. 나는 간섭을 하면 하려던 것도 하기 싫어하는 청개구리형 편집자로, 가만히 놔둘수록 더 많은 성과를 낼 수 있었다.

하지만 결국 회사를 옮기게 되는 이유는 대단한 야망이나 연봉에 대한 욕심, 자기계발 욕구 때문만은 아니었다. 토요일 저녁부터 출근이 너무 하기 싫어서 '내일 세상이 망했으면' 하고 바라게 되는 회사라면 아무리 노력해도 더 다닐 수 없었다. 어쨌거나 뭐든 처음이 어려운 법이지, 두 번째 이직부터는 결정하기 어렵지 않았다. 어차피 천국 같

〈 090
〉 091

은 출판사는 없었고, 나에게 맞는 지옥을 찾아 다시 떠날 뿐이었다.

우리는 각자가 찾은 '덜 지옥' 출판사를 다니며 종종 만나 모델하우스를 보러 다니고, 부동산 상담을 했으며, 재테크 정보를 나눴다. 우리는 일에 대한 열망이 있는 편집자였으나, 그보다 돈에 대한 열망이 더 컸다. 하지만 이 욕망을 드러내기에 출판계라는 곳은 너무나 신성한 곳이어서 우리는 음지에서 소곤대는 방식으로 서로의 욕망을 드러낼 뿐이었다.

그러다 내가 다니던 출판사의 팀에 결원이 났다. 마음 한편으로는 가까운 후배를 다시 동료로 만난다는 것이 염려스러웠으나, 주변을 보니 사람 하나 잘못 들였다가 팀이 망가지는 꼴을 꾸준히 봐왔기 때문에 주현에게 연락했다.

"우리 팀에 자리가 났는데 이력서 한번 내볼래?"

고민 끝에 주현은 이력서를 냈고, 역시나 입사할 수 있었다. 우리는 여전히 재테크에 관심이 많았고, 종종 부동산에 상담을 하러 가고, 모델하우스를 보러 다녔으나 무엇보다 일을 열심히 했다. 성과를 내야 몸값을 올릴 수 있었고, 결국 몸값이 올라야 더 많은 투자 금액을 확보할 수 있었다. 모든 투자는 시드머니가 커야 한다. 1억 원으로 10퍼센트의 수익만 내도 1000만 원이지만, 100만 원으로 100퍼센트의 수익을 내봐야 100만 원일뿐이기 때문이다.

우리는 소처럼 일했다. 그리고 매년 연봉도 최대치로 올렸다. 승진도 했다. 그러다 주현이 기획한 책이 당해 50만 부가 팔리면서 초대박 베스트셀러가 되었다. 물론 우리는 베스트셀러를 여러 권 냈었기 때문에 남들보다 많이 놀라진 않았지만, 그래도 당시 회사에서 주요 분야라고 생각지 않았던 분야에서 초대박이 난 것은 놀라울 따름이었다.

그 책이 연초에 터졌으니 우리 팀은 1년 내내 분위기가 좋았다. 안 좋을 이유가 없었다. 문제는 연말 평가였다. 해당 도서는 그해의 회사 매출을 압도적으로 견인했으나 담당 편집자 개인에게 돌아온 보상은 턱없이 적었다. 돈이 전부는 아니다. 그런데 따지고 보면 회사에서 돈보다 중요한 게 뭐 얼마나 있겠는가? 나는 주현보다 더 회사에 서운했고, 오히려 주현이 괜찮다며 나를 위로했다.

뭐, 딱히 그 이유 때문만은 아니었지만 여러 가지 상황으로 우리는 퇴사를 결심했다. 평생 다닐 줄 알았던, 내가 사랑했던 회사를 그만두겠다고 결정하기까지 오랜 시간이 걸렸으나 우리는 여느 때처럼 어디서든 다시 시작할 수 있다는 자신이 있었다.

그런데 문제는 가고 싶은 회사가 없었다는 것이다. 재미있게 일하면서 충분히 보상해주는 회사. 그런 곳이 있을까? 둘이 합해 아홉 개의 출판사를 직접 다녀보고 간접적으로는 수십 개의 출판사에 대해 들은 우리로서는 그럴 만한 출판사가 보이지 않았다. 그래서 결심했다. 우리가 그런 회사를 직접 만들어보기로.

오늘도 울돌목처럼 뻐렁치는 편집자의 하루

허
주
현

유난히 하늘이 새파랗게 맑은 날이면, 흥겨운 음악과 함께 들썩이며 도로 위를 매끄럽게 달려나가던 12인승 카니발이 떠오른다. 사이가 좋은 우리 팀은 1년에 한두 번은 꼭 이곳저곳으로 워크숍을 떠나곤 했다.

매출이 좋으니까, 날씨가 좋으니까, 여행 곗돈이 어느 정도 모였으니까 등의 이유를 빌미 삼아 제주도나 경주 같은 국내부터 홋카이도, 오키나와 같은 해외까지 좋은 풍경과 맛있는 음식과 술이 있는 곳이라면 어디든 떠났다. (그러고 보니 마지막 워크숍 예정지는 푸꾸옥이었는데, 갑자기 잡힌 회사 일정으로 취소한 것이 아직도 아쉽다. 그 직후에 코로나가 터질지는 아무도 몰랐으므로⋯⋯)

달리는 차 안에서 우리는 블루투스 스피커에 스마트폰을 연결해 각자의 추천 곡들로 차곡차곡 플레이리스트를 쌓아나갔다. 나는 고심 끝에 그 당시 나만의 '숨듣명'(숨어 듣는 명곡)이었던 인피니티의 〈내 꺼 하자〉를 골랐다.

"저는 뽕끼 있는 음악이 좋더라고요."

직설적인 가사가 조금은 부끄러웠던 걸까. '뽕끼'의 '뽕' 어감이 쑥스러웠던 걸까. 그때 수줍은 목소리로 이렇게 선정의 이유를 댄 기억이 난다. 그 뒤로 이어진 경희 선배의 선곡은 토이의 〈Reset〉.

"저는 뻐렁치는 노래가 좋아요!"

어쩐지 냉정＋차분＋담백한 노래만 들을 것 같던 그녀의 입에서 나온 단호한 사유. 뜻밖의 취향에 내심 놀랐다. 차 안이 터져나갈 듯이 고조되는 반주와 초고음으로 내달리는 보컬의 향연 속에서 '뻐렁침'이란 무엇인지를 그 순간의 우리는 함께 공유했다.

이런 나와 경희 선배의 취향을 다시 확인한 것은, 임프린트를 시작하면서였다. 창업 직전 해에, 창업에 대비한 일종의 경영 트레이닝이랄까. 준비운동 삼아 시작한 임프린트 출판은 아늑했던 회사 내의 편집자 생활과는 또 다른, 사회의 차가운 바람을 맛보게 했다.

특히 첫 책을 출간하기 전에 우리의 불안은 극에 달했다. '무조건 잘돼야 하는데…… 우리가 누구인지 보여줘야 하는데……!' 이렇게까지 오그라드는 결의는 아니었지만, 어쨌든 보란 듯이 해내고 싶었다.

그렇게 조마조마한 마음으로 첫 책《사랑한다고 상처를 허락하지 말 것》(비에이블, 2020)을 출간하고 며칠간은 반응이 세상 미지근했다. 그러다 작가가 유튜브에서 출간 안내를 한 그날 밤. 우리 책은 온라인 서점의 실시간 순위에서 줄곧 1위를 달렸다. 그리고 나는 한 대의 로봇이 되었다.

다음 날 출근길, 꽃샘추위도 나를 막지는 못했다. 눈앞의 누구라도 앞지를 기세로 힘차게 팔을 움직이고, 다리를 거의 수직 각도로 끌어올리며 회사를 향해 걸었다. 맞은편에서 또 한 대의 신이 난 로봇이 씩씩하게 다가오고 있었다. 경희 선배였다.

"베스트셀러 뽕이 차네요. 이게 1위의 맛이던가요?"

회사 앞에서 마주한 두 로봇 인간은 추위에 볼이 빨개진 채, 손을 맞잡고 너스레를 떨었다.

그 뒤로 맞이한 또 다른 긴장의 순간은 인문서 시리즈의 첫 책,《1페이지 한국사 365》(빅피시, 2021)를 출간할 즈음 찾아왔다. 그간 주로 에세이와 재테크 책을 만들어냈던 우리였기에, 인문서, 그것도 네 권이 예정된 시리즈의 첫 책을 내놓으려니 아무래도 긴장이 됐다. 첫 책의 흥행에 이후 책들의 성패가 걸려 있다고 봤기에 더 그랬던 것 같다.

다행히도 인문서에 특히 강한 어느 온라인 서점에서 '편집장의 선택' 도서로 선정해주었고, 이후 독자들의 입소문이 이어지며 책은 순항했다. 뒤이은 시리즈 도서들도 성공적이었다.

가볍게 읽히지만 대충 만든 책은 아니다.

유난히 유리창이 커, 늦은 오후의 햇살이 그대로 들이치던 사무실에서 모니터에 뜬 서점 엠디님의 이 문장을 읽던 순간을 기억한다. 그때의 우리는 뻐렁쳤다. 〈Reset〉의 고음을 들을 때처럼 감정이 차올라 살짝 눈물도 났던 것 같다.

우리가 만든 모든 책이 이처럼 성공하지는 못할 것이다. 기획이 예상처럼 원활하게 원고로 이어지지 않거나, '이 책만큼은 반드시 잘될 것'이라던 기대작이 허망하게 망할 수도 있다. 사실 그렇지 않은 편이 기적일 것이다.

때때로 섭외가 한발 늦거나, 관심 저자에게 거절당하기도 하고, 좋아하는 것만 좋아하는 취향과 좁은 시야 탓에 다양한 기획을 하지 못하는 자신이 싫어질 때도 있다. 날로 좁아져만 가는 출판시장을 피부로 느끼며, 인터넷에서 "요즘에 누가 책을 읽나요?" 하는 문장을 만날 때마다 종일 시무룩해지기도 한다.

하지만 "좋은 책이란 무엇인가?"라는 물음에 대한 답은 여전히 준비되어 있다. 더 많은 독자에게 사랑받는 책, 한 명에게라도 더 읽히는 책. 우리를 뽕 차게 하고 뻐렁치게 하는 책.

편집자로서 한계를 느낄 때, 가장 무력하고 내가 아무것도 아닌 존재처럼 느껴질 때면, '뽕끼'와 '뻐렁침'의 추억들이 작은 불빛이 되어, 내가 할 수 있는 최대한의 방향으로, 좀 더 밝은 곳으로 나아가게 한다. 할 수 있는 한, 최선을 다해볼 용기를 쥐어준다.

메신저피싱의
기억

전 회사에 다니던 어느 날. 이상하게 네이트온 메신저에 접속이 안 되던 날이 있었다. 로그인만 하려고 하면 튕기고 튕기고. '요즘 시대에 네이트온이라니…….' 출근하자마자 약간 짜증이 났다가 겨우 로그인이 된 순간, 바로 메신저 창이 열렸다.

"선배, 오백 보냈어."

오백? 무슨 소리야. 나는 바로 뒷자리에 앉아 있던 주현이 등을 탁탁 두드리고는 물었다.

"무슨 오백?"

순간 정적이 흘렀다. 혹시, 설마……. 흔들리던 동공은 불길한 확신으로 변했다.

"빨리 경찰서에 전화해!"

주현은 원체 조심스러운 성격이었기 때문에 항상 묵묵히

일했다. 입사 초기에 성과 없이 자기 증명을 시도해봤자 모난 돌이 된다는 것을 주현은 이미 알고 있었다. 경거망동하지 않는 태도. 그래서 나는 주현을 더 좋아했다. 하지만 지금 그녀는 한 마리 짐승이 되어 있었다.

허주현이란 어떤 인간이었는가. 내가 아는 모든 사람 중 지출 통제에 가장 능한 사람이었다. 내 용돈도 쥐꼬리였지만 그녀의 용돈은 더욱 그러했고 남편의 용돈까지 주리 틀듯 막으며 짠테크의 화신으로 실존해 있었다. 그래도 사람이라면 철 되면 예쁜 옷도 사고 싶고, 가방도 사고 싶고 그런 것 아닌가. 하지만 주현은 꼭 필요한 아이 물건만 샀을 뿐, 자신을 위해서는 소비하지 않았다.

커피값 아껴서 뭐 하냐는 얘기를 종종 하곤 한다. 하지만 잘 생각해보라. 커피값 아끼는 사람은 결코 커피값만 아끼지 않는다. 커피값, 식비, 교통비, 쇼핑비…… 그 모든 것을 아끼기에 돈을 모을 수 있는 것이다. 그리고 그때 우리는 대출을 갚기 위해 악착같이 모아야 하는 상황이었다.

그런 주현에게 500만 원이란 어떤 의미인가. 그가 좋아하는 삿포로 맥주를 개당 2500원으로 봤을 때 2000캔은 먹을 수 있는 돈이다. (묘하게 커피값은 아꼈지만 술값은 덜 아끼

는 느낌이었다.) 즐겨 먹는 마라탕을 고기 없이 채소 위주로
만 담은 기준으로도 500번은 먹을 수 있는 돈이다.

그런 주현이 나의(정확히 말하면 나를 사칭한 메신저피싱 일당
의) 부탁에 묻지도 따지지 않고 500만 원을 보내줬다. 저기
한 마리 짐승이 거금을 날린 충격으로 날뛰고 있었지만, 내
마음 깊은 곳에서는 묘한 감동이 차올랐다.

  '주현이가, 주현이가…… 나에게 오백을 한 방에 보내
  주다니……'

젊은 사람이 얼마나 정신이 없으면 메신저피싱을 당하겠
냐고 생각할지 모르겠지만, 막상 내 일이 안 되어보면 모를
일이다.

나도 사회 초년생 때 보이스피싱 전화를 받고는 순순히 계
좌번호를 불러준 적이 있다. 의심하기 어려웠다. 나의 이름
과 주민번호와 사는 곳까지 정확히 알고 있었고, 내 통장이
대포통장으로 쓰였다니 사안은 중대했다. 만에 하나라도
정말 내가 범죄에 휘말린 거라면? 의심스러운 상황이지만
이게 정말 서울 경찰청에서 온 전화라면?

"이경희 씨, 그럼 그 통장에 잔고가 얼마나 있나요?(연변 사투리)"

"아 근데 다행히 통장에는 돈이 하나도 없어요!(정말 다행이죠!)"

"툭. 뚜뚜뚜뚜……."

그렇다. 나는 조선족 동포에게도 외면당했던 사람이다. 하지만 내 통장에 잔고가 남아 있었다면, 주현이 당한 일은 내 일이 되었을지도 모른다.

어쨌거나 주현은 발 빠르게 은행 담당자에게 전화해서 당장에 계좌 출금 금지 신청을 하고, 인근 경찰서로 달려가 신고부터 했다. 모두가 어떡하냐고 걱정하는 사이 돌아온 그의 얼굴은 산 자의 것이 아니었으나, 결국 돈을 되찾았다는 말에 다들 가슴을 쓸어내렸다.

묘하게 편해진 주현은 이후 더 빠르게 회사 생활에 적응해 갔다. 그리고 그 일은 곧 잊어버렸다. 이렇게 에피소드로 글을 쓰게 될 날이 올 줄은 꿈에도 생각지 못했다. 눈물 닦으면 에피소드라는 말이 괜히 있는 게 아니다.

그날의 일로 주현의 무언가가 변했을까? 그건 잘 모르겠지만 내 마음은 조금 변해 있었다. 마라탕 500인분을 한 번에 쏴준 주현의 자리가 내 마음속에서 좀 더 커진 것이다.

나의
교토식 화법,
그의
레이저 화법

허
주
현

경희 선배와 나는 돈에 대한 욕망의 크기 말고는 사실 다른
점이 꽤 많다. 성격도, 외양도, 습관도 다르다. 가장 두드러
지는 차이는 아마도 '화법'이 아닐까. 내가 '교토식 화법'으
로 말한다면 경희 선배는 '초정밀 화법'을 구사한다.

교토식 화법이란 무엇인가. 예의와 겸양, 배려를 중시하는
일본 교토 지방 사람들이 주로 쓰는 화법으로, 돌려 말하기
의 끝판왕인 까닭에 타 지역인들로부터 종종 의사소통이
어렵다는 불만이 쏟아지는 화법이 아닌가. 예를 들면 이런
식이다.

교토어: 자제분의 피아노 소리가 아름답네요.

속마음: 시끄러우니 자제 좀 했으면……!

교토어: 차라도 한잔하고 가실래요?

속마음: 제발 눈치 좀 챙기고 일어났으면……!

교토어: 가르칠 맛이 있는 자제를 두셨네요.

속마음: 이렇게 버르장머리 없는 아이는 처음

　　　　보는데요……!

교토식 화법은 말뜻을 깨닫고 나면 어딘가 소름이 돋아서, 사실 내 안의 이미지는 그리 좋지 않다. 오히려 내 말투는 교토식 화법에, 따뜻한 정과 정치적인 구도가 계산에 반영된 '로판 영애식 화법'에 가깝지 않을까(라고 올려치기 해본다).

내가 교토식 화법을 구사하는 데는 이유가 있다. 우리 집이 교토식 화법 양성소였기 때문이다. 나의 일상은 이런 식이었다.

Q. 오랜만에 친정을 찾은 내게 엄마가 말했다.
"아빠 뇌혈관 안 좋은 데에, 콩을 곱게 간 물이 그렇게 좋다고 하대."
여기에 알맞은 나의 대답은 무엇일까?
A. "응, 많이 해드려." (오답)

40여 년을 교토식 화법에 길들었으나 아직 하수인 나는 엄마의 섭섭한 눈치에 재빨리 정답을 찾아야 했다. 정답은 이것이다.

A. "아, 그럼 좋은 믹서기가 있어야겠네! 집에 믹서기
  있어?"

그 주 주말, 코스트코에서 '닌자'라는 이름의 초강력 믹서기
를 사서 안겨드리고 나서야 나는 엄마의 만족한 미소를 볼
수 있었다. 그렇다, 이렇게 '교토식 화법'의 수제자인 나는
숨 쉬듯이 교토식 화법으로 이야기하는 존재가 되었다.
교토식 화법에도 장점은 있다. 나의 의도를 상대방이 눈치
채든, 못 채든 일단은 관계를 크게 해치지 않고 사이좋게 지
낼 수 있다. 엄마도 자식에게야 섭섭한 눈치를 내비쳐도 타
인에게는 쉽게 표현하는 스타일이 아니고, 나 또한 그러했
다. 상대가 내 뜻을 알아준다면 더할 나위 없이 땡큐였다.
때때로 유난히 말이 잘 통하는 디자이너와 일을 할 때는,
표지 시안도 척하면 척, 수정이 연거푸 이어질 때도 서로
마음 상하는 일 없이 착착 맞아떨어지는 결과가 나왔다. 애
써 작업한 시안에 대해 날카로운 말들이 오가지 않고서도,
나와 디자이너 모두에게 만족스러운 프로젝트로 마무리할
수 있었다.
그러나 이런 장점들이 통하지 않는 상황도 많았다. 가장 문

제가 될 때는 역시 '업무 소통' 상황. 누군가에게 피드백을 하거나, 지시를 내려야 할 때 등의 업무 상황에서 무엇보다 중요한 것은 '정확한 의사 전달'과 '의도한 결과에의 도달'이다. 배려나 겸양 등의 요소는 정확한 전달이 이루어지는 기반 아래 필요한 것이지, 1순위가 되어선 안 된다.

좋은 관계가 이어진다고 해도, 결과가 제대로 안 나온다면 그 프로젝트는 엉망진창이 되고 만다. 잘 알고 있지만 나는, 팀장이 된 이후 업무 현장에서 때때로 혼선을 빚었다. '깍듯하고 철저한 보고'가 이루어지는 교토식 화법은 팀원일 때는 장점으로 작용하기도 했다. 다만 팀장이 된 뒤에는 '지시하는 느낌을 주고 싶지 않아서' '상처 주고 싶지 않아서'라는 이유로 두루뭉술하게 업무 지시를 할 때가 많았다.

  "혹시 그 일은 어떻게 되어가고 있나요? 아, 바쁘셨다
  고요. 어서 하셔야 할 것 같아요."

마음속 데드라인에 근접해 울화통이 터지기 직전임에도, 나는 고작 이런 말만을 했을 뿐이다. 그리고 '저 직원은 나와 잘 안 맞으니까 최대한 같이 일하지 말아야겠다' 하고

단정 지었다. 이런 태도는 일도 제대로 안 되게 할뿐더러, 업무에 괜한 감정까지 끌어들이는 결과만 낳았다(그리고 나와 안 맞는 사람이라고 해도, 일을 같이해야 하는 상황은 항상 있다).

반면에 경희 선배는 초정밀 화법을 구사했다. 위든, 아래든 의견을 얘기해야 할 때는 정확하게 의사를 전달했다. 거기에는 개인적인 감정이나, 필요 이상의 겸양 같은 건 1퍼센트도 없었다. 그녀의 말은 레이저처럼 정밀하게 타깃에 닿아, 목표하는 결과를 이뤄냈다.

교토식 화법의 문제점을 인식하던 나는, '정신 차려. 이래선 안 돼' 하는 생각으로 경희 선배가 말할 때마다 주의를 기울여 들었다. 저 화법을 내게 장착하겠다는 결의에 찬 표정으로(그때마다 선배는 '저 친구가 왜 저러지?' 하는 표정을 지었다).

그의 초정밀 화법이 가장 화려하게 '포텐'을 터트릴 때는 회의 시간이었다. 효율적이지도 않고, 반짝이는 아이디어도 없이 밍밍하게 흐르는 회의 분위기. 표정에 웃음기가 사라진 그가 자세를 고쳐 앉고서 팔짱을 낀다. 이것은 전쟁의 시그널이다. 일단 그가 팔짱을 끼고 입을 여는 순간, 순도 100퍼센트의 초정밀 화법의 폭격이 시작된다고 보면 된다. 정확하게 문제점을 공략해 상대를 납득케 하고, 단숨에 문제를 해결한다.

여전히 나는 교토식 화법 장착자로서 초정밀 화법을 구사하기 위해 노력한다. 교토식 화법의 장점을 잃지 않으면서 적절한 시점에 초정밀 화법을 구사하기 위해서. 쉽진 않지만 어떻게든 일을 더 잘하는 사람, 어느 지위에서든 잘해내는 사람이 되고 싶다. 이런 욕심이, 언제나 그랬듯 나를 더 나은 사람으로 만들어줄 것이라 믿는다.

우리가 지속 가능하게 노동하며

행복하게 돈을 벌고

서로를 지킬 수 있는 방법은 단 하나,

창업뿐이었다.

그래서 결심했다.

우리가 그런 회사를 직접 만들어보기로.

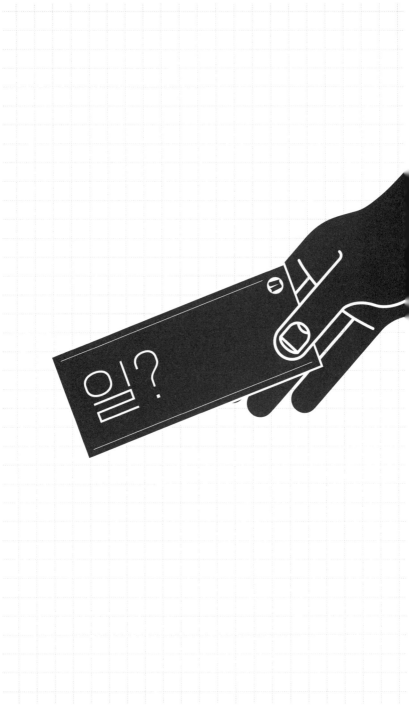

안정이라는
불안정

이
경
희

출판사 이직을 포기한 뒤, 주현과 나는 당시 회사에서 같은 팀이었던 팀원들을 설득하기 시작했다.

우리는 유독 팀워크가 좋았다. 나이를 먹을 만큼 먹은 여자 다섯이서 여고생들처럼 잘 지냈다. 하루 중 눈 떠 있는 시간의 대부분을 보내는 회사에서 매일 같이 밥을 먹고, 산책을 하고, 술을 마시고, 철 되면 해외여행도 다녔다.

하지만 회사에서 중요한 것은 결국 일이었다. 그들은 모두 일을 잘했다. 변변한 사수 없이 개발새발 일을 배워온 나에게 그들은 내내 좋은 선배이자 스승이었고, 서로에게 무게를 지우지 않고 언제나 각자의 몫을 해냈다. 그렇기에 우리는 서로를 인정했고, 존중했고, 어떤 형태로든 헤어지지 않고 같이 일할 방법을 찾고 싶었다.

"각자 비용을 모아서 창업을 해보면 어떨까요?"

"에이, 어떻게 창업을 해요. 자신 없어요. 창업할 거면 전 빠질래요."

"그래도 이제 남의 밑에서 일하는 거 지긋지긋하지 않아요? 작게라도 시작해보면 어떨까 하는데……"

"고정 수입이 없는 건 좀 그래요……"

자정이 넘은 시간의 어느 해장국집. 우리는 매일매일 모여서 어떻게 함께할지 고민했지만, 창업에 대한 이견은 좀처럼 좁혀지지 않았다. 누군가에게는 자유가 중요했고, 누군가에게는 고정 수입이 중요했다.

고민 끝에 우리는 출판계에 있는 임프린트 제도를 활용해보기로 했다. 임프린트란 기존 출판사의 시스템을 이용하면서 기획편집 중심으로 업무하고 출간 성과를 배분하는 방식으로, 일단 본격적으로 사업을 시작하기 전에 출판사가 돌아가는 구조를 파악하기에 적절해 보였다. (물론 임프린트에서 독립해 창업을 하게 된 순간, 틀린 생각이었다는 것을 알게 된다. 막상 창업을 하고 나니 모든 게 새로웠기 때문이다.)

나이 많은 경력 편집자 다섯 명에게 기회를 줄 회사가 있을까? 우리는 우리의 상황을 객관적으로 판단하고 부족함 없는 회사보다는 아쉬운 회사를 찾기 시작했다. 돈은 있으나 기획자가 부족한 회사, 해외 기획은 활발하나 국내 기획은 약한 회사 혹은 편집자 그 자체를 구하기 어려워하는 회사. 그런 회사라면 우리 다섯 명을 받아줄 것이다.

나는 가용한 인맥을 최대한 활용해 출판사를 찾았다. 그리고 그 출판사에 우리의 포트폴리오를 보내고 임프린트 제안을 했다. 서로의 니즈가 맞아떨어졌는지 여러 과정 끝에 한 출판사와 임프린트 계약을 목전에 두었는데, 계약서를 조정하는 것이 난관이었다. 정확히 말하면 난관이었다기보다 아직 시작도 안 해본 사업의 비용 처리나 배분을 예상하기가 무척 어려웠다.

상대 회사야 그래도 몇 번의 임프린트 운영 경험이 있었지만 우리는 모든 게 처음이었기 때문이다. 또 비슷한 경험을 한 동료들이 많지 않아서 도움을 구할 수도 없었다. 우리 선에서 판단하기 어려운 조항들은 변호사 자문을 구하기도 했지만 결과적으로 계약서를 완벽하게 이해했다고 볼 수는 없었다.

세세한 계약 조항이 뜻하는 것이 무엇인지는 1년 이상 임프린트를 운영하면서 이해할 수 있었고, 그렇기에 손해 본 부분도 있었으나 어떤 조항 덕분에는 뜻하지 않게 혜택을 보기도 했다. 모든 과정을 꼼꼼하고 철저하게 준비하고 싶었지만 사업을 시작하기도 전에 사업 이후의 상황을 예측한다는 건 어려운 일이었고, 비용에 대한 부분이 더욱 그러했다.

한번 쓴 계약서가 이후 사업에 어떤 영향을 미치는지 충분히 경험한 우리는 분쟁의 여지가 없는 계약서를 쓰는 일이 얼마나 중요한지 깨달았고, 이 경험은 이후 우리 다섯이서 공동 창업을 할 때 동업 계약서를 쓰는 데 큰 도움이 됐다. 어쨌거나 우리는 퇴사 4개월 만에 임프린트 계약을 완료하고 새로운 형식의 출판 사업에 도전했다. 원고 하나 없는 허허벌판이었지만, 두렵지는 않았다. 왜냐하면 우리는 언제나 아무것도 없었기 때문이다. 맨땅에 헤딩하는 게 취미이자 특기였다.

우리는 다시 소처럼 일했다. 나는 회사를 다닐 때도 열심히 일했다고 자부했지만 그것은 착각이었다. 재택근무를 하면서도 화장실에 갈 시간이 없어 방광염에 걸릴 정도였고, 그렇게 무리한 결과 하루 중 병원을 들르는 게 일과였다. 그리고 1년 동안 이런저런 베스트셀러를 생산한 후, 임프린트 1년 반 만에 완전한 독립 창업을 하게 된다.

그랬다. 지난한 과정을 세세하게 쓰고 싶지도 않고, 그럴 필요도 없을 것이다. 돌아보는 것만으로 늙는 느낌이다. 다만 우리는 도전했다는 것을 이야기하고 싶었다.

안정적인 것은 가장 불안정했다. 영원히 다닐 거라 생각했던 회사도 다닐 수 없는 순간이 오고, 온갖 콘텐츠 기반 시장이 활황 중인데도 출판시장만은 급속도로 작아지고 있으며, 월급만으로는 어떤 것도 이루기 어려운 시절이 빠르게 왔다. 회사는 아무것도 책임져주지 않았고, 결국 회사라는 계급장을 떼고 나 자체로 경쟁력이 있어야만 했다. 우리는 그러기로 결심했고, 이제는 사업 파트너로 함께 일하고 있다.

우리는 이제 만들고 싶은 책을 만든다. 고생해서 만든 책은 그 누구도 아닌 우리의 자산이 된다. 장사를 잘하면 보상도 주어진다. (힘든 점은 더 많지만 여기에서는 쓰지 않기로 한다. 일단 이 글을 읽어주는 고마운 독자들에게는 꿈과 희망을 주고 싶기 때문이다.)

"그때 은평구 말고 잠실 아파트를 샀어야 했는데."
"그때 ○○ 주식을 더 샀어야 했는데."
"그때 비트코인에 올인했어야 했는데."

매번 투자하지 않았음에 후회하던 한 쌍의 껄무새였던 우리가 절대로 후회하지 않는 일, 그것은 바로 우리만의 사업을 시작했다는 것이다.

창업력을
되살리러 온
나의 구원자

허
주
현

"피벗 쓰면 되잖아. 피벗도 몰라?"

"왜 몰라, 알지! 피겨 용어 아니야!"

"어이구, 또 지기는 싫어서!"

내가 세상에서 가장 지고 싶지 않은 사람이 있다면, 그건 남편이다. 무슨 일이 있더라도 결코 남편에게만은 뒤질 수 없다. 뭐든지 하나라도 더 잘 알고 싶고, 눈곱만큼이라도 더 잘하고 싶고, 10원이라도 더 벌고 싶다. (사랑하지만) 왠지 모를 경쟁심이 부글부글 끓는 것이다. 남편이 뭐든 아는 척을 하고 가르쳐주려고 하면 맞는 말일지라도 인정하고 싶지 않을 때가 있다. 그런 나를 그가 자극했다. 고작 엑, 셀, 하나로.

독수리 오형제처럼 의기투합해 창업을 한 뒤로, 우리 다섯은 '본캐'인 기획편집 업무 외에 각자 주요 경영 파트를 나누어 '부캐'를 가졌다. 그중 내가 맡은 것은 재무 업무. 그것도 스스로 하겠다며 손을 들었다. 사유는 간단했다.

돈을 좋아하는 만큼, 드나드는 돈 정리가 재미있을 것 같았다. 최소한 새는 돈 없이 회사의 금고를 잘 틀어막을 수 있을 것 같았다(순진했다). 마케팅이나 인사, 제작 등 다른 영역에 비해 오히려 모든 것이 숫자로 귀결되니 깔끔할 것 같았고(대단한 오산이었다), 크게 급여 지급, 인세 정산 정도만 하면서 상대적으로 규칙적으로 처리할 수 있는 업무처럼 느껴졌다(이러다 첫 인세 정산의 날, 눈물을 흘리게 된다).

가벼운 마음으로 뛰어든 재무 업무는 생각보다 복잡했고, 무엇보다 중차대한 임무였다. 새삼 재무, 제작, 마케팅, 디자인 등 그간에 내 업무 영역이 아니었던 부서의 소중함을 실감했다. 그들의 지원이 있었기에, 편집자는 기획과 편집에만 몰두할 수 있었던 것이다. 기획과 편집만 할 수 있는 생활은 얼마나 사치스러웠던가. 그 호사스러움 속에서, 당면한 내 일을 하기에 급급해서 주변을 살피지 못하고, 그들에게 틈틈이 고마움을 표현하지 못했던 내 부족함이 두고두고 아쉬웠다.

재무 업무를 맡고서는 자다가도 놓친 일들이 떠올라서 식은땀을 흘리며 벌떡벌떡 깼다. 까딱하면 집행되어야 할 비용을 잊어버릴 수 있고, 지급받아야 할 금액을 놓칠 수 있었다. 단지 한 달 치의 급여, 제작비, 선인세, 마케팅비, 임차료, 운송비 등만 고려해서 예산을 잡아서도 안 될 일이었다. 짧게는 한 분기 뒤의 인세를 고려해야 했고, 길게는 내

년에 쓸 종이의 선매입비, 법인세 등 세무 비용까지 총괄해 최소 1년 치의 자금 계획을 세워야 했다. 모든 자금을 데이터화해 예측하는 것만이 살 길이었다. 그래서 시작했다. 엑셀을.

편집자로 일한 지 10여 년. 아래아 한글과 PDF 작업 프로그램 외에는 사실 거의 쓸 일이 없었다. 엑셀은 더군다나 그 요상한 수식과 복잡한 메뉴들 때문에 '대체 왜 있는 거지?' 싶었던 치킨 무 같은 존재였다(치킨만 있어도 충분한데요……). 그러나 엑셀을 시작하고 몇 달 뒤, 나는 치킨 무의 소중함을 절실하게 깨달았고, 천 리를 내다보는 눈을 가진 기분이 들었다. 마치 알라딘의 매직 카펫을 타고 위에서 내려다보는 것처럼 한 달 뒤, 세 달 뒤, 6개월, 1년 뒤의 법인 통장 잔고를 가늠해볼 수 있게 되었다.

자금 계획을 100퍼센트 정확하게 세울 수는 없을 것이다. 자금 계획은 입금액, 즉 매출과 연계되어 있기에, 추후 매출이 얼마나 목표치에 근접하게 달성되느냐에 따라 달라질 수 있기 때문이다. 그럼에도 어쨌든 돈의 흐름을 잡고 나니 개비스콘 소화제 광고 속 아저씨처럼 마음이 편안해졌다.

남편에게 가르침 받는 수모를 이겨내고 배운 '피벗 테이블'도 월간 결산 때 유용했다. 복잡한 원본 데이터에서 내가 원하는 정보만 추려, 적절한 모양의 그래프로 자동 변환해 눈으로 확인할 수 있었다. 원본 데이터만 제대로 넣는다면 결과에는 1퍼센트의 오차도 없었다. 예를 들면 교보문고, 예스24, 알라딘, 북센 등 다양한 거래처의 매출액을 각기 분리해 거래처별로 따로 월간 선형 그래프로 비교해볼 수 있다. 비용도 인건비, 제작비 등 항목별 퍼센티지로 원형 그래프로 확인 가능했으며, 이 모든 것이 월간 입출금 데이터만 넣으면 자동 업데이트된다는 점이 신세계였다.

엑셀의 달인이나 고급 재무 시스템을 가진 회사원들이 보기에는 '이런 걸로 이렇게까지 놀랄 일인가?' 싶을 수 있겠지만, 엑셀을 치킨 무 정도로 여기던 아래아 한글 편향 편집자에게 엑셀은 인류의 미래를 책임질 법한 가공할 만한 능력의 프로그램으로 여겨졌다. 그 작은 엑셀 셀 칸들 사이로, 우리 회사의 미래를 엿본 듯한 천기누설의 감각마저 맛본 순간 이후, 엑셀은 내 안에서 '갓 엑셀'로 격상했다.

엑셀이 '신'이라면 노션은 '산소'이다. 생각해보라. 가끔은 신의 가호를 받지 못한다고 느껴지는 순간에도, 산소는 늘 우리 곁에 있다. 마흔에 들어서며 기억력이 깜빡깜빡하던 내게, 편집 업무 외에 중간에서 이리저리 치고 들어오는 재무 일, 가사 일, 각종 체크 사항, 일정들은 나를 늘 불안하게 하는 존재였다. 항상 무언가 놓치는 것 같은 느낌이 들어서, 닥친 일을 하면서도 집중이 안 되고 초조했다.

그러다 마감 직전에 아차 하고 발등에 불 떨어진 것처럼 후다닥 업무를 처리하고, 중요한 행사를 놓치는 일이 몇 차례 이어지자 본격적으로 해결책을 찾았다. 종이 다이어리부터 메모앱, 타임블록스, 투두리스트, 바탕화면 달력 등 다양한 툴을 거친 결과 정착한 것은 '노션'이었다.

신간 도서를 확인하면서 노션 관련 책을 보기도 했고, 유튜브에서 노션 활용법을 다룬 콘텐츠도 여럿 봤지만 엑셀도 관심 없던 자에게 노션이 웬 말이란 말인가. IT 업계에서나 쓰는 툴이라고 생각했다. 생각이 바뀐 것은 업무에 쓰기 딱 좋은 템플릿을 찾은 뒤부터였다.

지금은 누군가 웹에 올려둔 템플릿을 내 나름대로 업무에 맞게 변형해 쓰고 있는데, '위클리 플래너'에 '체크리스트'를 결합한 형식이다. 유용하게 쓰고 있어서 간단히 소개하자면 다음과 같다.

오늘과 내일의 할 일

 이번 주 목표
- 1일 1쪽 책 읽기
- 마감!
- 단행본 집필 일정 엄수
- 주간 지출 10만 원
- 안과, 피부과 방문

☀ 월요일
- ☑ 마케팅회의(4시)
- ☑ 매출 월결산
- ☑ 신간A 보도자료
- ☐ 신간B 원고 정리
- ☑ 디자인 계약서
- ☑ 구간A 수출 검토

♨ 화요일
- ☑ 신간B 원고 정리
- ☑ 저자A 신간기획안
- ☑ 교보 역발행계약서
- ☑ 신간C 원고 입고
- ☑ 인스타 트렌드 체크
- ☐ 단행본 1꼭지 작성

♦ 수요일
- ☑ 신간A 보도자료
- ☑ 단행본 2꼭지 작성
- ☑ 매출 계산서 체크
- ☑ 중소기업 자원금

♣ 목요일
- ☑ 업무보고
- ☑ 유튜브 키워드 체크
- ☑ 신간A 용보 리스트업
- ☑ 카뮈회의(4시)
- ☑ 신간B 원고 검토
- ☑ 신간C·D 원고 피드백
- ☑ 교보 입금 체크
- ☐ 단행본 집필 마감

☕ 금요일
- ☑ 신간C 원고 재촉
- ☑ 신간B 자료 전달
- ☑ 유튜브A·B 컨택
- ☑ 구간B 수출 검토
- ☑ 법인카드 정산
- ☐ 여성기업인증 신청

📢 NEXT WEEK
- ☐ 광고비 완급
- ☐ 신간B·C 원고 정리
- ☐ 단행본 편집자님 미팅
- ☐ 저자A 계약 체크
- ☐ 상세페이지 마감
- ☐ 급여대장 요청

💼 SOMETIME
- ☐ 신간A 입고(3000부)
- ☐ 신간A 유튜버 발송
- ☐ 신간A 작가 책 사인
- ☐ 구간A·B 수출 계약
- ☐ 3월 말 법인세
- ☐ 신간B 편집회의

📂 PROJECT
- 🔖 돈을 사랑한 편집자들
- 📕 올해의 책장
- 📑 빅피시 출간 목록

이 템플릿의 최대 매력은 'NEXT WEEK' 'SOMETIME' 'PROJECT' 메뉴. 일이 밀려들 때는 꼭 하나만 오지 않는다. 이번 주 마감뿐 아니라 다음 주에 반드시 해야 하는 일정, 그 이후에라도 계속 챙겨야 하는 업무가 있다.

그럴 땐 'NEXT WEEK'와 'SOMETIME'에 기입해둔다. 주가 바뀌면, 업무들을 적절히 이동 배치한다.

'PROJECT'에는 주간 업무와는 별개로 챙겨야 하는 프로젝트를 정리한다. 이 책을 쓸 때도 집필 프로젝트와 독서록, 올해 편집 도서를 프로젝트에 따로 만들어 관리했다.

최상단에 '주간 목표'를 네다섯 가지로 정리하고, 하단에 요일별로 업무와 일정을 적는다. 매일 아침 눈을 뜨고 노트북을 열자마자 내가 하는 일은, 그날의 업무를 시간·중요도 순으로 나열하고, 빠진 업무가 있는지 체크하는 것이다. 되도록 중요하고 집중이 필요한 일은 오전, 즉 앞부분에 배치한다. 쉬운 일은 뒤로 오후의 일로 몬다. 그리고 한 일에는 체크 표시한다. 체크 표시되지 않은 일은 계속 눈에 띄며 마음을 찝찝하게 만들기 때문에, 그다음 날에라도 어떻게든 하게 된다.

세세하게 업무를 정리해보고, 하나하나 달성하고, 가운뎃줄을 쭉 그어보는 일. 이 일이 주는 희열은 경험해본 사람만이 안다. 매일의 작은 성취는 내게 닥칠 모든 업무를 스스로 컨트롤할 수 있다는 엄청난 자신감을 준다.

노션의 장점은 그 외에도 많다. 협업, 공유 기능도 훌륭하고, 무엇보다 스마트폰과 노트북, 회사 PC 간에 실시간 동기화가 된다는 점이 가장 유용하다. 혹시 지금 업무 생산성을 높일 도구가 필요하다면, '갓 엑셀'과 '산소 노션'에 기대어보면 어떨까. 후회 없는 선택이 될 것이다. 좀 더 일찍 사용하지 않은 점이 아쉬울 정도다.

첫 주식 책
만들다가
테슬라로
업행일치

이
경
희

2020년 3월, 코로나로 전 세계 주식이 대폭락한 기록적인 기간이었다. 시장은 공포에 휩싸였다가 다시 천천히 회복했고, 인터넷 서점에서는 뜻밖에 주식 책 광고가 눈에 띄었다. 일명 동학 개미 운동이 막 시작되던 때였다.

주식을 안 해본 것은 아니었다. 하지만 내가 하는 주식 투자란 뇌내망상 투자에 불과했기 때문에 운이 좋게 두 배 이상 번 적도 있었으나 또 어떤 종목은 -70퍼센트를 기록하기도 했다. 망할 거면 빨리 망해서 헛된 희망이나 주지 말 것이지, 끊임없이 "○○층에 사람 있다"라고 목이 쉬어라 외치다 손절을 하면 상을 치는 오욕의 경험 끝에 나는 주식 투자에 안 맞는 사람이라는 결론을 내렸다.

하지만 주식 책은 만들고 싶었다. 폭락의 공포를 이기고 투자한 사람들은 벌써 돈을 벌고 있었다. 그것도 단기간에, 아주 많이. 당연히 이 상황을 나만 보고 있는 것은 아니었기 때문에 사람들은 삼성전자 같은 주식을 엄청나게 사대고 있었다.

대충 내도 대박이 날 것 같았다. 그래서 주식 책을 만들고 싶다고 몇 자 적어 페이스북에 올렸더니, 첫 부동산 책을 작업했던 작가님에게서 주식 책을 쓰고 싶다고 연락이 왔다! 이래서 좋은 일이든 나쁜 일이든 일단 소문은 내고 볼 일이다.

작가님과는 이미 두 권의 책을 작업한 경험이 있었기에 손발이 잘 맞았지만, 주식 책은 처음이어서 조금 긴장이 됐다. 하지만 베스트 애널리스트는 역시 베스트 애널리스트. 작가님은 어려운 내용을 아주 쉽게 설명해주셨고, 이 정도면 나 같은 초보자들도 이해할 만한 책을 만들어볼 수 있겠다는 생각이 들었다.

재테크 책은 빨리 써서 빨리 내야 한다. 집필이나 편집 기간이 길어지면 집필 당시의 정보가 책을 낸 시점에는 이미 의미 없는 정보가 될 가능성이 높다. 그래서 쪽대본으로 바로 촬영하고 편집해서 방송 내보내듯 작업할 때가 많다. 작가와 편집자 몸 갈아서 책을 내는 분야다.

하지만 시장이 불타고 있지 않은가. 우리는 이 기회를 놓칠 수 없었다. 작가님과 나는 주말도 없이 원고를 주고받으며 기획한 지 3개월 만에 주식 책을 출간했다. 그 책이 바로 《주식 부자 프로젝트》(비에이블, 2020)다.

출간 한 달 만에 책은 1만 부가 넘게 나갔다. 잘나갈 줄 알았지만 정말 잘나갔다. 책이 잘 팔리는 것도 기쁜 일이었으나 사실 나를 웃게 한 것은 따로 있었으니, 그것은 바로 테슬라였다.

2020년 6월, 초고가 입고되기 시작했다. 작가님은 책에서 2~3년 동안 5~10배 이상 상승한 초고속 성장 기업들을 소개하고 분석했는데, 이때 내가 꽂힌 기업이 테슬라다.

테슬라란 어떤 회사인가. '관종' 일론 머스크가 트위터에 몇 마디 찌끄리면 주가가 폭락하는, 그러면서 자꾸 화성에 가겠다고 사기 치는 회사가 아니던가. 그런데 아니었다. 압도적인 기술력과 파괴적인 성장력, 그리고 전기차의 시대로 갈 수밖에 없는 시대적 요구까지 합쳐져 성장세가 불 보듯 뻔한 회사가 바로 테슬라였다.

나에게는 경기도 아파트를 팔고 남은 돈이 있었다. 최선의 투자처가 눈앞에 있었고, 분산 투자란 자신 없는 자들의 것이었다. 나는 집 팔고 남은 돈으로 전부 테슬라 주식을 샀다.

매일 기적이 일어났다. 주식은 무섭게 올랐다. 남편과 나는 웃으면서 잠이 들었고, 잠에서 깨면 다시 웃었다. 어떤 날은 일어나보면 내 월급의 몇 배가 계좌에 불어나 있었다. 돈이 돈을 번다는 게 이런 것이구나. 노동이 다 무슨 소용이란 말인가.

나는 가까운 사람들에게 테슬라를 사라고 권했다. 지금은 부동산으로 돈을 벌기 어려운 시대이고, 소액으로 누구든 시작할 수 있으니 묻지도 따지지도 말고 테슬라를 사보라고. 아파트를 사는 사람은 많지 않았지만 주식은 상대적으로 가격 부담이 적었기에 한 주라도 사는 사람들이 생겼고, 우리는 모이기만 하면 주식 이야기를 했다. 돈을 못 번 사람이 없었으니 분위기는 당연히 좋을 수밖에 없었다.

그런데 주식이 떨어지기 시작했다. 900달러를 찍었던 테슬라 주식은 500달러대까지 단기간에 빠졌다. 남편은 웃음을 잃었고, 나의 권유로 테슬라를 산 사람들은 주식을 손절하기 시작했다.

나쁜 짓을 한 기분이었다. 좋은 의도로 권유한 투자였는데 시점에 따라 누군가는 손해를 볼 수밖에 없었고, 확신이 없는 사람들은 약간의 손해도 견디기 어려워했다. 누구도 나에게 뭐라고 하지는 않았지만, 괜히 눈치가 보였다. 어쨌거나 투자 권유는 신중해야 했다.

그런 상황과는 별개로 테슬라에 확신이 있었던 나는 주가가 떨어질 때마다 주식을 더 샀다. 좀처럼 주식은 오르지 않았다. 지루한 장이었다. 하지만 나에게는 서학 개미 동지들이 있지 않았던가. 온라인상의 테슬람 동지들과 함께 때를 기다렸다. 그리고 2021년 11월, 테슬라는 결국 '1200슬라'가 되어 내가 산 가격의 네 배나 올라주었다. 나와 남편은 다시 웃음을 되찾았다. (하지만 이 원고를 쓰는 지금 테슬라의 주가는 또 떨어졌다. 기분이 그다지 좋지 않다. 나는 다시 때를 기다리고 있다.)

나는 남편보다 일론 머스크의 건강을 더 자주 염려한다. 삼시 세끼 잘 챙겨 먹고 트위터는 너무 자주 하지 않았으면 한다. 이런 바람이 무슨 소용이겠냐마는 어쨌든 내 마음이 그렇다.

일은 나를 어떻게 변화시켰는가

— 창업한 이후에 보이는 것들

창업을 하고 나서야 알게 된 것이 몇 가지 있다. 회사에 다닐 때는 그러려니 하고 넘기던 지점들이 이제는 날카롭게 각을 세우며 고개를 든다. 이래도 유튜브를 예사로 보고 넘길 거야?(그 안에 황금 같은 저자들이 있는데!) 언제까지 숫자를 외면할 거야?(매출액에 우리의 가능성이 걸려 있는데!) 소심한 개복치인 채로 계속 일할 거야?(그러다 반드시 제 역할을 못할 때가 온다고!)

이런 질문들이 자주 마음 한구석을 쿡쿡 찔러댄다. 다음에 이어질 내용은 아픈 질문 속에서 찾아낸 나름의 답이라고 할 수 있다.

첫째, 더는 인프피(INFP)로 살 수 없다.

인프피. 열정적인 중재자 혹은 소심한 관종. 예전에는 MBTI 테스트를 하면 항상 인프피로 나왔다. 감성적이고 섬세하며, 때로는 게으르고 자기 의견 내기를 주저하며, 잡생각들 속에서 길을 잃는 가냘픈 영혼의 소유자. 이것이 인프피의 주된 특징이다.

맞다. 나는 이런 인물이었다. 경희 선배는 '갑자기 몰려오는 감정 덩어리의 파도에 대책 없이 떠밀려가는 가오나시

짤'을 "딱 너임"이라며 보여주기도 했다.

다가오는 할 일을 애써 모른 척한 채, 트위터로 도피해 귀여운 '강아지 짤' 리트윗에 열중하던 과거의 나(그러다가 마감 직전에 세상의 멸망을 기원하며 울면서 일하던 나). 잡생각의 파도에 휩쓸리며 중요한 결정을 미루던 사람(하지만 결정의 순간들은 차례로 다가왔고). '할많하않'의 자세로 입을 꾹 다물고 살던 인간. 이랬던 인간은 이제 없다(고 믿고 싶다).

창업을 한 뒤로 마냥 감상적이고, 손익을 따지지 않으며, 심약했던 영혼은 세상의 풍파를 정면으로 맞고 몇 번을 나가떨어지며 '용의주도한 전략가' 인티제(INTJ)의 용사로 거듭났다.

누군가는 감상적인 인프피의 영혼을 보존한 채 유연하게 사업을 해나갈 수 있을지도 모른다. 다만 내가 깨달은 것은 더 계획적으로 효율 높게 일하고, 현실적인 판단을 내리며, 정확하게 의견을 전할수록 회사에 도움이 되는 존재가 된다는 것이다. 그렇게 우리 회사에서 가장 지키고 싶은 존재인 회사의 구성원들을 좀 더 편안하고 행복하게 만들 수 있다고 믿는다. 그것이 오늘도 교토식 화법과 한 걸음씩 이별하고, 노션과 엑셀을 뚫어져라 들여다보며 일하는 이유다.

둘째, 매출은 생명이다.

"매출이 인격이다." 오래전에 들은 이후로, 판매 데이터를 볼 때면 자동으로 떠오르는 말이다. 처음에는 이 말을 받아들일 수 없었다. 매출이 책에서 가장 중요한 부분도 아니고, 매출을 올리지 못한다 해도 세상에 꼭 필요한 책은 반드시 있다고 생각했기 때문이다. 그런데 창업 1년이 다가오는 시점에, 인정하기 싫었지만 이 말을 조금씩 납득하고 있는 나를 발견한다.

드라마 〈고요의 바다〉에는 물이 사라져가는 지구의 모습이 등장한다. 연평균 강수량이 매해 최저치를 기록함에 따라, 세상이 온통 황톳빛으로 변하고 가로수는 앙상하게 메말라간다. 수질 오염으로 인한 사망률은 최고치를 기록하고, 반려동물 사육 금지와 기여도에 따른 식수 차등 공급 같은 차별적인 제약들이 하나둘 생겨난다.

'물'이 지구 생명의 근원이라면, 사업에서는 '매출'이 구성원 유지의 바탕이 된다. 인정하기 싫지만 좋은 책만큼이나 잘 팔리는 책이 필요하다. 좋은 책인데 잘 팔린다면 그것만큼 행복한 일이 없을 것이다. 하지만 끝내 매출이 발생하지 않는다면 사무실 풍경은 사막화되어가던 지구의 모습과

다를 바 없어지지 않을까.

분위기가 점점 안 좋아지면서 내부에서는 여러 갈등이 빚어질 것이다. 조금이라도 이익을 쥐어짜기 위한 제약들이 등장하고, 생존이 어려워지면서 부득이하게 떠나보내야 하는 사람들도 생겨날 것이다. 혹은 감정이 상해 스스로 조직에서 멀어지는 직원이 나타날지도 모른다. 나는 무엇보다 이런 상황이 가장 두렵다.

그래서 기획과 편집을 하다가 때때로 길을 잃은 것 같은 마음이 들 때면, 이 말을 다시 한번 되새겨본다. 매출은 생명이다. 인정하기 싫지만, 매출이 우리를 숨 쉬게 한다.

셋째, 세상의 흐름에 눈을 떠야 한다, 더 빨리!

소나기가 쏟아지던 날이었다. 경희 선배의 차를 타고 자유로를 달리는데, 갑자기 앞이 잘 안 보일 만큼 비가 세차게 내려서 '운전하기 괜찮을까?' 하고 걱정했다.

"느낌이 이상한데. 갔는데 아무도 없는 거 아니야?"
"진짜 좀 그렇다. 이렇게 비가 쏟아지는 날씨에 누가 이런 구석진 곳까지 올까 싶네."

일말의 불안감을 안고 우리가 향한 곳은 지식산업센터의 모델하우스였다. 3~4년 뒤쯤에는 사옥을 꾸릴 생각이었던 우리는 지식산업센터 분양을 노리고 있었다. 한때 '아파트형 공장'으로 불렸던 지식산업센터는, 최근 들어 업무와 제조, 상업시설 등을 함께 갖춘 곳으로 첨단화되어 사실상 오피스 빌딩으로 볼 수 있다.

특히 시내 건물들보다 상대적으로 저렴한 가격에 취득할 수 있고, 분양가의 최대 80퍼센트까지 대출이 가능하며, 취득세, 법인세 감면 등의 혜택까지 있어 우리 같은 작은 회사가 입주하기에 꼭 알맞았다.

모델하우스가 구석지고 으슥한 곳에 있었기에, 도착지에 가까워질수록 주변은 점점 더 황폐한 모습이었다. 여기저기에 흙탕물 웅덩이가 팬 비포장도로로 들어서며 불안감은 더해졌다. '사기 아닐까? 지금이라도 그냥 사무실로 돌아갈까?'

이런 찰나에 차는 주차장 입구로 들어섰고, 곧 주차장 가득 빼곡하게 채워진 차들이 눈앞에 펼쳐졌다. 안쪽에서는 시끌벅적하게 웅성대는 사람들의 목소리도 들려왔다.

우리는 황급하게 주차한 뒤, 모델하우스 안으로 들어갔다. 을씨년스럽던 외부 풍경과는 반대로, 내부에 들어선 순간 그 강렬한 황금빛 조명과 세련된 인테리어에 눈이 시렸다. 무엇보다 놀라웠던 점은 아무도 없기는커녕, 우리가 앉을 자리조차 없을 정도로 투자자들이 바글바글했다는 사실이다. 그때는 크게 충격을 받았다. 정수기 옆 한쪽 구석 자리에서 선 것도 앉은 것도 아닌 옹색한 자세로 분양 상담을 받으며 생각했다. '아직도 갈 길이 멀다.'
언젠가 재테크에 성공한 사람들이 나오는 다큐멘터리를 보는데 이런 말이 나왔다.

어쨌든 자본주의는 먼저 깨달은 사람들이 승리하는 거죠.

지식산업센터에 인파가 몰린 배경에는 아파트와 오피스텔을 중심으로 한 당시 정부의 부동산 규제에서 상대적으로 자유로운 틈새 투자처를 찾아낸 투자자들의 발 빠른 움직임이 있었다. 아무도 없기는커녕, 분양 경쟁률이 폭발해 당첨을 기대하기 어려운 수준까지 열기가 뜨거웠는데 우리는 미처 눈치채지 못하고 있었다.

우리가 먼저 깨달아야 할 것은 비단 지식산업센터를 향한 열기뿐만이 아닐 것이다. 지난 하반기에는 회사 살림을 알뜰하게 하겠다고 지출을 최대한도로 줄였다가, 갑자기 등장한 법인세 이슈에 당황하기도 했다. 이익 대비 지출한 비용이 너무 적어서 거의 1년 치 급여만큼의 법인세 폭탄을 감당해야 할 뻔했다.

더 빨리 트렌드를 읽고, 파워 저자를 먼저 찾아 섭외하고, 책을 늦지 않게 만들어내는 일은 그 무엇보다 우선해야 할 일일 테다.

서두에 보란 듯이 창업한 이후에 보이는 것들이 있다며 잘난 척을 했지만, 아직도 이렇게 알아야 할 것이 많고, 갈 길이 멀다. 이런 게 자영업자의 숙명이 아닐까 싶다.

샤넬 오픈런,
끝까지 간다

처음부터 샤넬백이 갖고 싶던 것은 아니었다. 정확히 말하면 나는 샤넬백을 들 자격이 없다고 생각했다. 신혼여행으로 간 파리에서 남편은 어차피 하나 살 거면 지금 사라고 매장까지 데려갔으나, 아무리 생각해도 연봉 3000만 원에 버스로 출퇴근하는 편집자에게 샤넬백은 어울리지 않았다. 난 객관화가 아주 잘된 사람이었다.

하지만 지금은 연봉도 많이 올랐고, 몇 번의 투자로 자산도 늘었다. 친구들도 샤넬백 하나씩은 다 들고 다녔다. 어렸을 때 그 가방이 예뻐 보이지 않았지만 지금은 예뻐 보인다. 이래서 클래식은 영원하다고 하는 것인가.

그런데 가방(그중 내가 사고 싶어하는 샤넬 클래식 캐비어 미디움 사이즈)은 1124만 원이었다. 1124만 원. 4년 전에 산 내 중고차가 1000만 원이었고, 지금은 감가상각되어 700만 원이 채 안 된다.

문제는 가방 가격이 계속 오르고 있다는 사실이었다. 신혼여행 때 400만 원 하던 가방은 작년에 900만 원, 그리고 지금은 1100만 원이 넘었다. 그마저도 구하기 어려워 구매대행을 이용하면 웃돈을 적어도 100만 원은 줘야 하는 상황이었다. 비싸서 고민이었고, 더 비싸질까 봐 고민이었다.

'어차피 하나 살 건데' 육십 넘어 샤넬백을 들어봐야 무슨 소용인가. '어차피 하나 살 건데' 오늘 사는 게 가장 싸게 사는 것 아닐까. 내 마음속에서 안 산다는 전제는 이미 사라진 뒤였다. 한번 터진 물욕의 급발진을 막을 수는 없었다. 하지만 아무리 생각해도 비쌌다. 비싼 줄 알면서도 남편을 한번 떠봤다.

"나 샤넬백 하나 살까?"
"얼만데?"
"천백(왠지 24만 원은 떼고 말하고 싶었다)."
"너무 비싼데?"

웬만하면 제일 좋은 거 사서 오래 쓰자는 주의의 남편도 과하다는 반응이었다.

"비싸긴 비싸지……."
"그것보다 가격대가 합리적이면서 마음에 드는 가방 이 있는지 한번 가보는 건 어때?"

그래. 일단 물건을 봐야 알지. 갑자기 클래식백이 마음에
안 들 수도 있잖아? 마음먹으면 죽이 되든 밥이 되든 해봐
야 하는 나는 당장 샤넬 매장에 가서 살 만한 물건이 있는
지 봐야 했다. 오픈런 현황을 알려주는 네이버 카페에 가
입한 뒤 바로 다음 날 백화점에 가보기로 마음먹었다.

아침 8시 반. 세수만 하고 도착한 신세계 본점 지하상가에
는 이미 30여 명이 대기 중이었다. 첫 오픈런에 대기 번호
30번대. 나쁘지 않았다. 10시면 대기 순번을 받는다고 했
으니 대기 번호 받고 바로 명동 롯데 백화점으로 가면 오
늘 두 곳에 모두 입장할 수 있었다. 생각보다 기다릴 만했
다. 한국은 인터넷 강국이 아니던가. 기다리면서 유튜브도
보고, 네이버 카페도 들어가고, 트위터도 하다 보니 시간이
후딱 갔다. 주변에는 낚시 의자와 간식 바구니를 들고 온
사람들도 있었다. 프로는 달랐다. 나도 다음번에는 휴대용
방석이라도 챙겨오고 싶었다.

오전 10시. '패드맨'이 대기 입력을 마치자마자 명동 롯데
백화점으로 향했다. 10시 반 백화점 오픈을 기다렸다가 받

은 대기 번호는 100번대. 상황에 따라 오늘 입장이 어려울 수도 있는 번호였다.

11시. 일단 집에 와서 밥을 먹었다. 한겨울 아침부터 움직이려니 체력 소모가 없지 않았다. 대기 번호 빠지는 속도를 보니 12시 반 전후로 입장이 가능할 듯했다. 스마트폰을 충전하고 다시 신세계 본점으로 향했다.

12시 20분. 혹시나 대기 번호 지나갈까 봐 조금 일찍 와서 기다렸다. 네이버 카페 실시간 현황을 살펴보니 오늘 신세계 본점에는 클래식 모델보다 유색 모델(시즌 상품)이 많다고 했다. 시즌 상품은 환금성이 떨어진다. 12시 반, 드디어 입장. 네이버 카페는 정확했다. 원하는 모델 순위 다섯 개를 적어서 들어갔지만 남아 있는 가방이 하나도 없었다. 뭐라도 살 수 있을 줄 알았는데, 허탈했다. 10분 만에 나와 네이버 카페를 통해 오늘은 청담점에 클래식 모델이 많이 들어왔다는 정보를 입수했다. 롯데백화점 대기 번호 빠지는 속도를 보니 나의 예상 입장 시간은 대략 오후 4시. 나는 이 짓거리를 여러 번 하고 싶지 않았다. 오늘, 반드시 오늘

뭐라도 건져야 한다. 택시를 잡고 청담점을 향했다.

오후 1시 남짓. 청담점 도착. 대기 번호 100번대를 받았다. "오늘 6시 20분까지 문자가 안 가면 입장 못 하실 수도 있습니다." 그런 일은 없어야 한다. 나는 다시 집에 와서 잠깐 쉬었다가 시간 맞춰 롯데백화점으로 향했다. 이상한 오기가 생겼다.

드디어 4시. 대기 번호 100번대면 당일 입장이 어려울 수도 있는 번호인데, 4시에 들어왔다는 것은 물건이 없다는 의미라는 걸 네이버 카페를 보다가 알게 됐다. 예상대로 물건은 없었다. 왜? 왜?? 아니, 돈도 있고 시간도 있다는데 왜 가방을 못 사? 나는 갑자기 명품에 미친 사람이 되었다. 뭐라도 반드시 사야 했다. 샤넬이 너무 괘씸했다. 나는 당당하게 클래식백을 사는 것으로 샤넬에 복수하고 싶었다. (이미 정상적인 사고를 할 수 없는 상황이었다.) 이제 1100만 원이 비싸게 느껴지지 않았다. 이렇게 많은 사람이 돈과 시간을 들여 사지 못하는 가방이라면 1100만 원을 주고서라도 빨리 사야 했다. 롯데에서 나와 청담점을 향했다.

5시. 6시 20분까지 입장 문자가 와야 한다. 아직 한 시간이 넘게 남았지만 문자가 오면 바로 입장해야 했기에 청담역에서 대기했다. 네이버 카페에서는 아직 클래식백이 남아있다고 했다. 들어가기만 하면 살 수 있을 것이다. 스마트폰 배터리가 얼마 안 남았다. 샤넬백을 사려면 입장 문자, 본인 명의의 카드와 신분증이 필요했다. 입장했는데 전화기가 꺼져버리면 큰일이었다. 스마트폰 조명을 최대한 낮추고 지하철역에서 사람들을 구경하며 문자를 기다렸다. 클래식백을 매고 지나가는 사람을 몇 명 보았다.

저녁 6시 20분. 대기 입장 마감 문자가 도착했다. 청담점에는 입장할 수 없었다.

현타가 왔다. 나는 17000보를 걸어서 캐시워크 100원, 토스 만보기 100원을 적립했고, 택시비로 13000원을 썼다. 하루를 길바닥에서 날린 것은 말할 것도 없다. 집으로 돌아오는 버스는 압구정 현대 아파트를 지났다. 60평대가 80억원에 거래되었다는 그 아파트를 지나며 1000만 원이 넘는 가방은 나에게 안 맞는 소비라는 생각이 들었다. 그러나 한 순간에 소비에 대한 열망이 사라지고, 정신이 번쩍 들었으며, 샤넬백에 대한 마음이 사그라들지는 않았다. 아직도 누가 준다면 정말 갖고 싶다.

이 글을 쓰면서 인세를 얼마나 받아야 샤넬백을 살 수 있는지 계산기를 두드려보았다. 공저니까 인세 5퍼센트씩 나누면 책값 14000원 기준으로 16285부가 팔리면 된다. 메신저로 주현과 책 주제에 관해 논의하면서 책값이 너무 싸면 안 되니까 인당 최소 200매는 쓰자고 다짐했다.

나는 이런 사람이다. 한번 갖고 싶은 게 생기면 어떻게든 가져야만 하고, 무언가를 하면 일단 계산기부터 두드려보는 사람. 하지만 그 사실을 인정하거나 드러내는 것은 왠지 부끄럽고 약간의 죄책감을 느끼는 사람.

얼마 전 유튜브에서 존 리 아저씨의 강연을 보는데 "샤넬 오픈런은 지옥으로 가는 행렬"이라고 했다. 이왕 가는 지옥 길이라면 샤넬백을 매고 가고 싶다. 일단 사본 다음에 뼈아프게 후회하든 미치게 만족하든 뭐라도 해보고 싶다. 그 사이 가격이 더 올라 팔아야 할 책의 부수가 더 늘지 않길 바랄 뿐이다.

어떻게

지속 가능하게

일할 것인가

— 나만의 유토피아를 만드는 일에 관하여

허
주
현

대화가 끝이 없다. 눈만 마주쳐도 웃는다. 한번 밥이라도 같이 먹을라치면 두 시간이 뚝딱 지나간다. 무슨 연인 사이의 이야기 같지만, 아니다. 이것은 우리가 만든 유토피아에서 벌어지는 우리의 이야기다.

최근에 김초엽 작가의 소설 《지구 끝의 온실》(자이언트북스, 2021)을 읽었는데 '아, 이 책 너무 좋아!' 하고 탄성이 나올 만큼 좋았다. 이후에 김초엽 작가의 찐팬이 되어서, 전작들을 줄줄이 찾아 읽고 있다. 왜 이렇게 이 책에 끌리는지 이유를 곰곰이 생각해보다가 황예인 문학평론가의 추천사에 이르러 내 마음을 그대로 표현한 답을 찾았다.

> 김초엽은 세상을 구해내고야 마는 이야기를 들려주면서 탁월한 개인, 위대한 발견, 숭고한 희생이 아니라, 서로를 기억하며 지킨 작은 약속, 매일을 함께하는 동안 다져진 우정, 시간에 깎여나가지 않고 살아남은 사랑을 말한다.

《지구 끝의 온실》에서는 멸망해가는 지구에서 살아남은 여성들이 모여 그들만의 유토피아를 만들고 꾸려나가는 이야기가 펼쳐진다. 그 유토피아 속에서 사람들은 살아남으려 똘똘 뭉치고, 끝까지 희망을 찾아 나아간다. 이 이야기에서 나는 우리의 모습을 봤던 것 같다. 창업을 시작하고, 조금 더 행복하게 일하기 위해 이리저리 시도해보고 좌절했다가도 다시 일어서며 고군분투하는 우리 다섯 명의 모습을.

어떻게 지속 가능하게 일할 것인가? 이 물음은 내게 곧 어떻게 우리 회사를 지속 가능하게 유지할 것인가의 질문으로 읽힌다. 타인의 회사 속 일원이던 시절로 돌아가기는 아무래도 싫기 때문이다. 소설 속 프림 빌리지가 그랬듯, 끝까지 가보고 싶다. 그 끝에 무엇이 있을지라도.

처음 창업했을 때 우리는 회사 생활에 지쳤고, 환멸을 느꼈으며, 우리라면 충분히 먹고살 정도의 돈을 벌 수 있을 거라고 확신했다. 회사에서 받던 월급의 반 토막이 나도 괜찮다는 사람이 있는 한편, 더 많은 돈을 벌겠다는 사람도 있었다(몇 년 뒤에는 사옥을 올려, 1층에는 북카페, 2층에는 요리를 잘하는 동료의 식당, 3~4층에는 상가 임대를 주고, 5층에 우리 출판사 사무실을 놓으려는 야무진 망상을 하는 사람도 있었다. 바로 나).

각자 가진 꿈의 크기는 달랐지만 어렵게 마음을 모아 창업을 하고 1주년을 기다리는 지금, 3년쯤은 늙은 기분이 든다. 중요한 사안이 걸린 회의를 마친 어느 날 오후, 그날에만 커피 네 잔 정도를 마셨지만 그렇다 해도 심장이 너무 빨리 뛰었다. 그러다 누군가 심장을 손에 꼭 쥐고 쥐어짜는 것처럼 느껴지는, 생전 처음으로 죽음의 위기가 느껴지는 고통을 겪은 뒤로 병원을 찾았다.

> "부정맥 소견이 보이네요. 앞으로 술과 커피는 금지입니다. 알코올과 카페인은 금물이에요."

청천벽력 같은 소리였다. 부정맥이 아니라 뒷부분, 술과 커피가 금지라니. "선생님, 저는 카페인이 있어야 일을 할 수 있는데요. 퇴근 후에 씻고 나와서 마시는 시원한 맥주 한 캔이 삶의 낙이고, 와인이 유일한 불면증 치료제인데요?"라고 대답하고 싶었지만 죽음의 공포는 컸다. 아직 아이도 어린데, 하고 싶은 일도 많은데 이대로 죽을 수는 없다는 마음으로 무카페인 무알코올 생활을 지켜나간 지 어느덧 두 달이 넘었다(2년처럼 느껴졌는데 고작 두 달이라니).

· 지금 다니는 회사에 비전이 없다.

· 직장 상사 혹은 동료와 트러블이 있다.

· 자유를 즐기고 싶다.

· 큰돈을 벌고 싶다.

· 본인의 능력에 자신이 있거나, 좋은 아이디어가 있다.

창업의 이유는 다양할 것이다. 다만 무엇보다 중요한 것은 지속 가능성이다. 아무리 당찬 각오로 창업을 했더라도, 사업체가 사라진다면 각오는 의미가 없어진다. 창업을 하기 전에 여러 선배에게 자문을 구하러 다녔다.

"원고는 충분히 있어? 3년은 버텨야 해."

가장 많이 들었던 조언의 의미를 창업 2년 차를 바라보는 지금 절감한다. 3년을 넘기지 못하고 사라지는 신생 출판사가 얼마나 많은지 새삼 돌아보게 된다. 이 글을 읽는 누군가 혹시 창업을 고민하는 사람이 있다면, 3년을 버틸 자신이 있는지 자문해보길 권한다.

회사에 다닐 때보다 일이 몰려들 것이다. 편집이든, 마케팅이든, 디자인이든 이전에 하던 부서의 일만 해서도 안 된다. 그사이에 책을 냈는데, 홍보할 시간이 없고, 홍보를 하려니 책을 만들 시간이 없고, 그러다 통장 잔고는 바닥이 나는 악순환에 빠질 수 있다. 열심히 한다고 몸을 갈아 일하다가 건강을 잃을 수도 있다. 예상보다 매출액이 크지 않을 수도 있고, 바로 창업하기 두려워서 시작해본 임프린트 계약서에 생각지도 못한 독소 조항들이 가득 박혀 있을 수도 있다. 제작처 관리는 또 어떻게 할 것인가? 새로운 길을 걷다 보면 하루하루가 지뢰 피하기의 연속임을 알게 된다.

그럼에도 창업을 하겠다면, 나는 그 길을 추천한다. 초심자의 행운이 따른 덕분인지, 회사에 다닐 때보다 좋은 평가도 받았고 급여도 크게 올랐다. 무엇보다 본캐인 편집과 부캐인 재무 역할 사이에서 좌충우돌했지만 그러면서 나 자신이 한층 성장했고 단단해졌다고 느낀다. 그렇기에 우리가 만든 유토피아를 가능한 한 끝까지 지켜나갈 생각이다.

　모든 유토피아 공동체는 결국 시간의 문제이며, 지속 가능성의 문제이니까요.

소설 속 대사를 곱씹으며 앞으로 준비된 출간 리스트를 들여다본다. 탁월한 개인, 위대한 발견, 숭고한 희생만큼이나 서로를 기억하며 지킨 작은 약속, 매일을 함께하는 동안 다져진 우정, 시간에 깎여나가지 않고 살아남은 사랑이 가지는 힘을 생각하며. 때로는 무모한 믿음이 우리를 더 나은 곳으로 데려갈 것이라 굳게 믿으며.

좋은 책만큼이나
잘 팔리는 책이 필요하다.
좋은 책인데 잘 팔린다면
그것만큼 행복한 일도 없을 것이다.

매번 투자하지 않았음에 후회하던
한 쌍의 껄무새였던 우리가
절대로 후회하지 않는 일,
그것은 바로 우리만의 사업을 시작했다는 것이다.

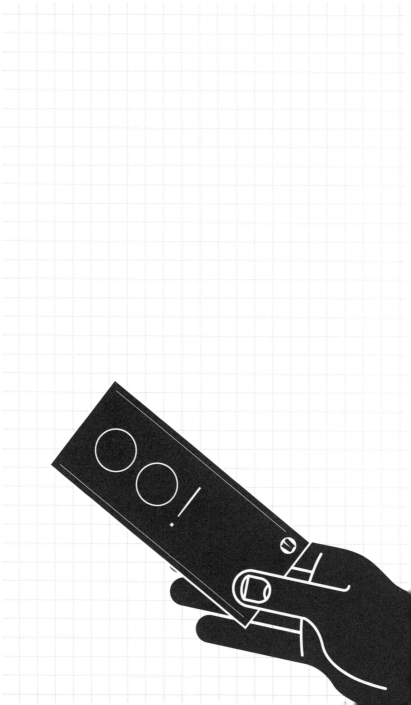

평화

유지비

"넌 집에서 살림을 전혀 안 해? 집에 있는 게 없네."

"모델하우스가 콘셉트야?"

집에 놀러 온 친구들이 하나같이 하는 소리다. 우리 집에
는 살림살이가 별로 없다. 나는 쓸데없는 물건을 두지 않
는 미니멀리스트다. ('미니멀리스트'라는 말을 쓰고 나니 이미
유행 지난 말인 것 같아 괜히 쑥스럽다. 편집자들은 이런 것에 예
민하다.)

이사가 잦았던 나는 자연스럽게 미니멀리스트가 되었다.
회사를 옮길 때마다 교통비라도 아끼기 위해 회사 앞으로
이사를 갔는데, 그때마다 짐을 옮기는 게 일이었다. 교통비
몇만 원 아끼자고 이사 비용 수십만 원을 쓴다는 건 말이
안 되는 일이었다.

처음에는 1톤 용달을 불렀다가, 나중에는 최대한 가전 가
구를 줄이기 위해 풀 옵션 원룸을 찾았고, 결혼 전 마지막
이사는 캐리어와 택배 몇 박스로 해결했다.

살다 보니 꼭 필요한 물건은 많지 않았다. 짐을 늘리지 않
겠다는 다짐을 더 확고하게 해준 책도 한 권 있었는데, 바
로 우리 팀에서 출간하여 그해 베스트셀러가 된 《부자가

되는 정리의 힘》(위즈덤하우스, 2015)이다.

책에는 이런 내용이 나온다. "서울 아파트 평당 가격이 수천만 원인데, 그렇게 비싼 공간에 불필요한 물건을 쌓아놓는 것은 엄청난 낭비"라는. 머리를 한 대 맞는 충격이었다. 지금 서울 아파트 평당 가격이 5000만 원이 넘었다니 한평의 공간에 짐을 쌓아두면 5000만 원을 허비하는 셈이나 마찬가지인 것이다.

그래도 짐은 늘게 마련이다. 이전보다 조금 여유로워졌기 때문에 모든 물건을 필요 때문에만 사진 않는다. 예뻐서, 쓰던 물건이 지겨워져서, 기존 물건보다 성능이 좋아서, 그리고 그냥 사는 물건도 생긴다.

그러면 나는 쓰던 물건을 정리해 중고나라나 당근마켓에 내놓는다. 쓰지도 않고 집의 공간을 차지하는 것보다는 싸게라도 파는 게 이득이다. 하다못해 필요한 누군가에게 나눔이라도 하면 된다.

나에게는 당근마켓 성수기가 있는데, 바로 명절 연휴 전이다. 회사나 외부에서 들어온 스팸, 참치, 생필품 선물처럼 사용하지 않는 것들은 바로바로 내다 팔았다. 타이밍이 중요했는데 명절이 다 끝난 뒤에 팔면 호가가 떨어지게 마련.

명절 전에 명절 선물이 필요한 사람들에게 박스째 고대로 파는 게 제값을 받는 방법이다.

한번은 명절 때 회사에서 명란젓 세트를 연달아 준 적이 있었는데, 명절마다 "이번에는 명란젓 세트를 안 파시느냐"라는 단골 고객까지 생겼다. 아쉽지만 그 회사를 퇴사한 지 오래되어 이제는 단골 고객을 만날 수가 없다.

반면 내가 과감하게 지출하는 분야도 있으니 그것은 바로 살림의 영역이다. 남편과 나는 신혼 때 집안일 분담을 두고 자주 싸웠다. 아마 많은 신혼부부가 그럴 것이다. 맞벌이에 퇴근하고 집에 돌아오면 해야 할 일이 산더미였다. 일단 그 자체가 짜증스러웠고, 최대한 일을 하지 않기 위해 매번 눈치 싸움을 했다. 승자는 결국 더러움을 더 잘 참는 쪽이었다. (다행히 그건 나였다.)

집안일이 자주 갈등의 원인이 되자 나는 차라리 사람을 쓰자고 했지만, 남편은 극구 반대했다. 16평밖에 안 되는 집에 사람을 쓰는 건 낭비라는 것이다. "그럼 니가 하면 되겠네"라고 말했다가 다시 싸우는 날들의 연속이었다.

회사 업무가 많아지면서 나는 자연스럽게 더욱 집안일에 손을 놓게 되었다. 또 일당을 계산했을 때 나 정도 시급을 받는 사람이 소질 없고, 가성비가 낮으며, 보람마저 없는 집안일을 하는 건 비효율적인 일이었다.

우리는 16평 아파트에서 25평 아파트로 이사하면서 로봇 청소기와 식기세척기, 음식물 쓰레기 처리기를 샀다. 음식도 최대한 마켓컬리와 밀키트로 해결한다. 어차피 일주일에 집에서 몇 끼 안 먹는 우리로서는 식재료를 사면 버리는 게 태반이었다. 어떤 일은 돈을 쓰는 것이 돈을 아끼는 일이 되었다.

이제는 집안일로 거의 다투지 않는다. 시간이 흐르면서 자연스럽게 분담이 된 부분이 있고, 아이도 없고 짐이 많지도 않으니 집안일의 빈도도 최소한으로 조정했다. 그리고 사업을 시작하면서부터 남편은 제2의 장항준을 꿈꾸며 내가 온전히 일에만 집중할 수 있도록 최대한 협조하고 있다.

나도 혹시 모르는 사이에 자연스럽게 집안일을 하게 될까 봐 아직까지 식기세척기와 로봇 청소기의 작동법을 익히지 않고 있다. 내 에너지를 낭비하는 것이 가장 아까운 일이다.

돈으로 가정의 평화를 살 수 있다. 그 사실을 알게 되면서 기꺼이 평화 유지비를 감수하려고 한다. (점점 그 비용이 늘

고 있다는 게 문제이긴 하지만.) 불필요한 지출은 줄이고 필요
한 곳에는 돈을 써야 한다. 무조건 아끼는 것만이 최선은
아니다.

누가 나 몰래
내 연금
넣고 있었으면

✉ 퇴직연금제도 안내드립니다

창업 이후 세 달여 지난 시점, 세무사무실에서 한 통의 메일이 날아왔다. 직원들을 위해 퇴직연금에 가입해야 한다는 것이다. "퇴직연금이요? 그거 어떻게 가입해야 하죠?" 지금껏 회사에서 들어주는 연금을 그냥 오케이만 했던 터라, 퇴직연금에 관한 지식이 1도 없었기에 사뭇 당황했다.

'퇴직연금? BD인가?(아니다, DB가 맞다) CD인가?(역시
아니다, DC이다) 그런 게 있었지. 근데 내가 이전 회사
에서 가입한 유형이 둘 중에 뭐였더라?'

이렇게 모든 것이 가물가물한 상태였다. '으악, 나 때문에 우리 회사 퇴직연금 엉망진창으로 들게 되면 어떡하지?!' 아직은 숫자를 보면 회피하고만 싶던 재무 꼬꼬마 시절, 현실에서 눈을 감고 싶었지만 감을 수 없었다. 이성이 도망가는 부캐의 옷자락을 잡아끌었다.

'저기요, 재무 담당이 누구였죠?'

'예, 접니다!'

'퇴직연금 가입은 누가 알아봐야 하죠?'

'글쎄요? 전가요? 저네요? 저였군요, 허허.'

미룰 수도 도망칠 수도 없었다. 그렇게 피 땀 눈물의 연금 공부 대장정을 거쳐, 꼬마 재무러는 연금의 절대적 중요성에 눈을 떴다. 그 뒤로는 연금의 장점을 읊어대는 연금봇으로 거듭났다. 주변 사람들에게 꼭 한번은 "퇴직연금 무슨 유형이에요? 연금 저축 가입하셨어요?" 하고 연금 포교를 한다.

"연금은 노후 갓생의 지름길이라고요. 왜 안 해요? 통장에 넣어두기만 해도 16.5퍼센트의 연 이자를 받는 셈인데."

정말 왜 안 해요, 연금이다. 아무리 지금 당장 먹고살기가 힘들어도, 만 55세의 시기는 분명히 온다. 은퇴 이후는 회사원이든 프리랜서든 한번은 고민해봐야 할 문제다. 내가 가입된 퇴직연금 종류가 뭔지 아리송하다면, 아무래도 노

후가 불안하다면, 잠깐의 안구 운동과 손가락 노동만으로
도 죽어가는 연금을 되살릴 수 있다.

단도직입적으로 만 55세 이후 매달 내가 받을 연금액부터
알아보자. 단 여섯 글자면, 내 노후를 엿볼 수 있는 비밀의
문이 열린다. 검색창에 '통합연금포털'을 넣고 검색한 다음
사이트에 로그인을 하면 신세계가 펼쳐진다. 이 사이트가
무엇보다 소중한 것은 이곳 단 한자리에서 국민연금을 비
롯한 개인연금액과 수급 시기, 예상 월간·연간 연금액 등
많은 정보를 모두 확인할 수 있기 때문이다.

아마도 별달리 연금 준비가 되어 있지 않은 경우, 국민연금
과 퇴직연금이 전부일 것이다. 특히 국민연금은 매달 받을
수 있는 액수가 생각보다 적을 것이다. 하지만 작고 소중한
금액에 실망하기엔 이르다. 아직 바로잡을 수 있는 기회가
있다.

나의 경우에는, 국민연금 + 퇴직연금 ①(DC형) 및 퇴직연금
②(IRP형) + 개인연금(연금저축)의 삼중 연금으로 노후를 준
비하고 있다. 수익률을 2.25퍼센트로 가정할 때 만 55세 이
후 나의 연금액은 이렇게 계산된다.

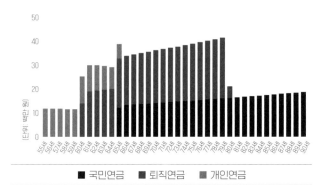

■ 국민연금　　■ 퇴직연금　　■ 개인연금

출처) 통합연금포털 〉 내 연금 조회

만 55세부터 10년간은 '개인연금'이 마중물이 되어주고, 만 60세부터는 '퇴직연금'이 붙어준다. 만 65세 이후에는 '국민연금'(노령연금)의 수령 시기가 도래해 연금액이 최대 연 4000만 원 이상까지 달한다. 물론 현재와 같은 수준으로 꾸준히 불입했을 때 가능한 상황이지만, 큰 문제가 생기지 않는 이상은 납부액을 줄일 생각이 없으므로 이 계획대로 밀어붙이려고 한다.

잠깐, 독자 여러분을 위해 정리해본다. 연금은 크게 세 종류로 나뉜다.

① **국민연금**

② **퇴직연금**: DB형 / DC형 / IRP형

③ **개인연금**: 연금저축계좌(은행) / 연금저축보험(보험사)

／ 연금저축펀드(증권사)

국민연금에다 퇴직연금과 개인연금까지 삼중의 연금을 노후에 받을 수 있다면 가장 완전하다. 개인연금 중 연금저축 상품들은 연 400만 원까지 최대 16.5퍼센트의 세액공제도 받는다는 장점이 있다.

국민연금은 가입되어 있고, 개인연금은 언제든 가입하면 되니, 우선 시급한 것은 퇴직연금 바로잡기다. 이 순간에도 차곡차곡 적립되고 있는 퇴직연금은 관심 부족으로 방치되는 경우가 많다.

옷 정리하다 주머니에서 5만 원권만 발견해도 뛸 듯이 기쁜데, 그의 20배 30배 이상이나 되는 나도 모르는 내 돈이 계좌에서 잠자고 있다? 네, 그것이 퇴직연금입니다. 이제 세 단계만 거치면 최소한 퇴직연금은 더는 잠자는 돈이 아니게 된다. '일하는 돈'이 된다.

퇴직연금의 DB형과 DC형 사이에는 수익률에 따라 최대

몇 억 원의 돈이 걸려 있다. 지금 DB형을 선택하느냐, DC형으로 변경하느냐에 따라 내 퇴직금 적립액에 1억~7억 원까지 플러스된다고 보면 된다.

연금액 늘리는 방법 ① 내 퇴직연금 유형을 확인한다

퇴직연금액을 최대로 증폭하는 첫 단계는 내 퇴직연금 유형을 확인하는 일에서 시작된다. 참고로 나는 확정기여형, 그러니까 DC형의 극극극 편애주의자다.

	확정급여형(DB형)	확정기여형(DC형)
개념	급여(퇴직금)가 확정	회사 부담금(기여금)이 확정
정산	퇴직 시점 월급 × N년	1년 차 월급 + 2년 차 월급 + 3년 차 월급……
운용	퇴직금을 회사가 책임진다. 운용 수익 → 회사	퇴직금을 근로자가 투자하고 책임진다. 운용 수익 → 개인
이점	임금 상승률이 높거나, 승진 확률 높을 때 유리	임금 상승률이 낮거나 잦은 이직 시 유리

중간 정산	퇴직 전까지 불가	사유에 따라 가능 ▸ 무주택자의 주택 구입 ▸ 전세 자금 ▸ 가족 요양비 ▸ 개인 회생 ▸ 대학 등록금 등

지금까지 다녔던 회사들은 모두 DB형을 채택하고 있었기에 그저 따랐지만, 알아보면 알아볼수록 DC형을 선택하지 않을 이유가 없었다(회사 차원에서도 DC형으로 납부하는 금액은 모두 비용 처리를 할 수 있어 추후 법인세 대비에 유리했다). 사유에 따라 중간 정산도 가능하고, 스스로 본인의 퇴직연금을 관리할 수 있다. 다만 DC형은 근로자, 즉 자신의 운용 실적에 따라 손실도 볼 수 있다는 점만이 약간 마음에 걸렸다. 하지만 퇴직연금은 장시간 적립되어 자동으로 초장기 투자가 가능하고, 분할 매입할 수 있는 특성이 있다. 한 번의 실수로 모든 금액이 결정되는 것도 아니고, 제도적으로 '몰빵'도 할 수 없다. 아주 공격적인 투자만 하지 않는다면, 어느 정도의 리스크는 해소될 수 있을 거라고 봤다.

연금액 늘리는 방법 ② DC형으로 전환한다

퇴직연금에는 '시간'이라는 큰 무기가 있다. 특히 DC형은
수익률에 따라 최종 퇴직금이 어마어마하게 차이가 난다.
한 예로 매월 40만 원씩 20년간 퇴직연금을 운용해서 각각
2퍼센트, 9퍼센트, 26퍼센트의 수익률을 거두었을 경우를
살펴보자.

	매월 40만 원씩 20년 불입 / 연평균 수익률 2%	매월 40만 원씩 20년 불입 / 연평균 수익률 9%	매월 40만 원씩 20년 불입 / 연평균 수익률 26%
원금	96,000,000원	96,000,000원	96,000,000원
이자	22,115,265원	173,158,409원	3,119,517,442원
총금액	118,115,265원	269,158,409원	3,215,517,442원

2~27배의 차이가 난다. 퇴직연금 불입액이 더 커지거나,
더 높은 수익률을 거두었을 때는 더 큰 차이가 벌어질 것이
다. (참고로 금융감독원이 밝힌 2021년 증권사의 퇴직연금 평균
수익률은 DB형이 2.51퍼센트, DC형이 9.69퍼센트였다. 작년 기준
미래에셋증권사의 DC형 가입자 중 상위 5퍼센트의 수익률은 26.1
퍼센트에 달한다).

이런 까닭에 우리 회사의 퇴직연금 유형은 DC형으로 결정했다. 만약 본인의 퇴직연금 유형을 확인한 뒤 DC형으로 전환하고 싶다면 회사의 재무팀 또는 인사팀에 문의해보길 바란다.

연금액 늘리는 방법 ③ 인덱스 펀드에 투자한다

DC형으로 가입(변경)한 뒤 퇴직연금액이 불입된 것을 확인했다면 남은 절차는 단 한 가지다. 어디에 투자할지를 결정하는 것. 일도 해야 하고, 덕질도 해야 하고, 인터넷 하며 뒹굴거리기도 해야 하는데 퇴직연금에까지 너무 많은 신경을 쓸 순 없었다. 나는 이미 투자에서 대성공을 거둔 귀재의 뒤를 따르기로 했다.

"개인 투자자들에게 가장 합리적인 투자 수단은 저비용 인덱스 펀드에 꾸준히 투자하는 것이다. 투자수익을 늘리는 비결은, 좋은 회사를 고르는 데 있는 게 아니라, 인덱스 펀드를 계속해서 구입해서 종합지수에 포함된 모든 기업에 투자하는 데 있다."

워런 버핏의 말이다. 그는 지금까지도 아내에게 남기는 유산의 90퍼센트를 S&P 500의 인덱스 펀드로 운용한다고 밝힌 바 있다.

현재 나의 퇴직연금 포트폴리오는 주로 미국의 주식 지수를 따르는 ETF 상품(미국 S&P 500, 미국나스닥 100)과 루이비통, 에르메스, 페라리 등 해외명품주를 모은 ETF(글로벌 럭셔리 S&P)로 구성되어 있다. 장기적으로 투자해야 하는 만큼, 미국을 대표하는 글로벌 기업들을 모은 ETF가 우상향할 거라고 봤고, 최근의 오프런 기사들과 매해 오르는 명품 기업들의 매출액을 보면서 글로벌 명품 기업들을 모은 ETF에 투자하기로 했다. 루이비통의 수익에 빨대를 꽂아보자는 마음으로.

퇴직연금 리밸런싱에 그치지 않고, 개인연금에도 가입해서 연말정산 혜택까지 받는다면 베스트다. 이러한 나의 방법은 어디까지나 회사 직원의 퇴직연금 가입 과정에서 발견한 가장 유리한 수일 뿐, 최선이 아닐 수도 있다. 답은 스스로 찾아보는 과정에서 발견될 것이다. 물론 알아보고 공부하는 과정은 낯설고, 어렵고, 무엇보다 귀찮을 수 있다.

하지만 나는 먹고 싶을 때 망설이지 않고 치킨을 시키는 노후의 자신을 상상했다. 친구나 가족에게 축하할 일이 있을 땐 기꺼이 좋은 선물을 사줄 수 있는 사람, 새 옷이 필요할 때나 갖고 싶은 물건이 있을 때 지갑을 들여다보지 않아도 되는 할머니, 누군가 갑자기 아플 때 병원비부터 걱정하지 않아도 되는 어른의 모습을 상상했다. 이쯤 되니 궁금해진다. 당신이 꿈꾸는 노후의 자신은 어떤 모습일지.

가성비가
사람으로 태어나면
그것은 바로 나

이
경
희

> 📄 1. 운명의 책(17.8)
> 📄 2. 3000만 원짜리 아파트(15.6)
> 📄 3. 책이 아니면 만날 수 없었던(13.9)
> 📄 4. 돈의 맛(14.5)
> 📄 5. 욕망의 쌍생아(13.2)
> ⋮

나: 총 100매 정도 썼고, 여기서 연재할 만한 원고 추
   려주면 좋을 것 같아.

연재 담당 편집자: 파일명 뒤에 숫자는 원고 매수야?

나: 어, 일단 정한 분량만큼만 쓸라고.

연재 담당 편집자: 한 글자라도 더 쓰지 않겠다는 결연
   한 의지가 보인다.

나: ㅋㅋㅋㅋㅋㅋㅋㅋㅋㅋ

연재 담당 편집자: ㅋㅋㅋㅋㅋ

나는 투여 대비 최대 효율을 추구하고, 손해 보는 것을 싫
어한다. 모든 것을 비용으로 환산해보는 버릇이 있고, 받은

만큼 일한다. 매출을 잘 낼 때는 때때로 '회사에 필요 이상으로 기여하는 것 같은데'라는 생각을 했고, 다음 해에 정당한 보상을 받지 못하면 동기부여가 되지 않았다. '언젠가' '나중에'라는 불특정 시기를 약속하는 것은 믿지 않았고, (규모는 차치하더라도) 빠르고 확실한 보상을 선호했다.

가성비를 추구하는 것은 비단 돈만은 아니었다. 시간, 에너지, 기회비용의 경우는 오히려 더했다. 시간 낭비하는 것, 기다리는 것, 생산과 무관한 사람을 만나는 것은 선호하지 않았다. 최대한 단기간에 일을 마치고, 다음 일로 넘어갔다. 나는 퇴근 후에는 주로 아무것도 하지 않는데(이는 사람 좋아하고, 취미가 다양한 출판계에서는 보기 드문 일이었다), 그것은 몸과 머릿속을 최대한 리프레시하여 다음 날 업무 시간에 최대 효율을 내기 위함이었다. 다행인 것은 특별히 하고 싶거나 좋아하는 게 없어서 이런 생활을 유지하는 데 무언가를 억지로 참고 견디지 않아도 된다는 점이다.

내가 가성비의 화신이 된 이유는 20대를 통째로 허비했기 때문이다. 돌아보면 나는 항상 집에만 있었다. 공부를 열심히 하지도, 경험을 쌓지도, 하다못해 연애를 많이 하지도 않았다. 그저 방구석에 처박혀 세상을 원망하면서 신세를 비관하기 일쑤였다. 원망의 대상이나 이유가 구체적인 것도 아니었지만 일단 모든 것이 두려웠다. 왜냐하면 아무것도 하지 않았기 때문이다.

막상 해보면 별거 아니란 걸 알았을 텐데, 머릿속 불안은 아무것도 하지 않음으로써 왜곡된 방향으로 커져갔고, 다시 그 불안 때문에 더욱 아무것도 할 수 없었다. 실수는 곧 실패와 같았고, 그러면서도 혼자만의 세상에서 자아는 비대해졌다. 그런 자신 없는 마음을 자신감 있어 보이는 모습으로 감추었지만, 언제나 들킬까 봐 불안했다.

그런 나를 변화시킨 것은 바로 일이었다. 3일 이상 아르바이트를 해본 적이 없었던 나는 당연히 사회생활이 두려웠고, 자신도 없었다. 그래서 20대 때 나의 꿈은 나보다 믿을 만한 남자를 만나 결혼해서 전업주부가 되는 것이었다. 지금의 나를 아는 사람들은 웃지 말라고 하겠지만, 그만큼 나에 대한 믿음이 없었다.

그런데 우연히 들어선 편집자라는 일은 이상하게 나에게 맞았다. 그나마 책 읽는 걸 좋아했던 나는 읽으면서 돈을 벌 수 있다는 사실에 만족했다. 그리고 두 달이면 눈에 보이는 결과가 책이라는 물성으로 극명히 드러나 내가 무언가 생산할 수 있는 사람이라는 걸 확인시켜주었다.

크고 작은 실수를 했지만 그것이 실패는 아니었고, 실수는 어쨌든 수습할 수 있는 것이었다. 나는 내 생각만큼 중요하고 대단한 사람이 아니었다. 때때로 팀에 민폐를 끼치거나 도움을 주었지만 영향력은 미미했다. 나는 지극히 평범한 사람이었고, 한편으로는 그 사실이 나를 안도하게 했다.

그렇게 몇 년 버티다 보니 좋은 작가님들을 여럿 만났고, 그중 더 잘 맞고 재미있는 분야를 찾으며 작은 성과를 낼 수 있었다. 나도 무언가를 '잘'할 수 있는 사람이라는 걸 처음 느꼈고, 작은 성취는 더 큰 성취를 낼 수 있는 강력한 동기부여가 되었다. 나는 학벌도, 외국어 실력도 부족한 평범한 편집자였지만 부족한 것을 바라보자면 끝이 없었다. 부족한 것에 매달려봐야 좋아진다는 보장도 없었다. 잘하는 것을 빨리 찾고, 거기에 매달렸다. 시간이 아까웠다. 30대도 20대처럼 낭비할 수는 없었다.

10여 년의 시간 동안 나는 아무것도 하지 않는 사람에서 일단 해보는 사람으로 변했다. 일단 해보고 아니면 빨리 포기하고 더 나은 선택을 찾았다. 그렇게 경험이 기회를 만들어주었고, 기회는 예상치 못한 길을 열어주기도 했다. 더는

허비하고 싶지 않다는 강렬한 마음은 나를 가성비의 화신
으로 만들었다.

가성비라는 말이 항상 좋은 의미로 쓰이지 않는다는 걸 알
고 있다. 그리고 이제 40대가 된 나는 효율이나 성과만으
로 모든 것을 측정할 수 없다는 것도 알아가고 있다. 30대
의 내가 20대와는 달랐듯, 40대의 나도 30대의 나와는 무
언가 달라질 것이다. 그리고 이왕 변화를 받아들여야 한다
면 최대한 빨리 받아들이고 싶다. 왜냐하면 그것이 가성비
가 좋기 때문이다. 역시 사람은 변하지 않는다.

연재 담당 편집자: 넌 신문 기고를 해야 해. 마감 칼에,
　　　글자 수 귀신같이 맞춰 쓰는 게 딱이네.
나: 아무도 안 읽고 원고료는 글자 수대로 따박따박 주
　　는 신문 기고가 최고지.
연재 담당 편집자: 출간할 때 판권에 '집필 의뢰 환영:
　　　당일 신속 마감' 이렇게 넣어라.
나: ㅋㅋㅋㅋㅋㅋㅋㅋㅋㅋㅋ

판권에 이 문구를 정말로 넣어야 할지 고민이다.

슬럼프를
극복하는
나만의 방법

— 황금빛 들판을 떠올리며

허
주
현

요즘 들어 눈이 더 침침해진 것 같다. 물론 원고를 보다가 땡땡이치고 싶어진 본능 때문일 수도 있지만, 시력과 시야가 모두 내리막길을 걷는 기분이다. 2교쯤 교정을 봤는데도 뻔한 오탈자가 보여서 깜짝 놀랐다. 에세이 분야든 재테크 분야든 '이 작가와 반드시 책을 만들고 싶다'는 '뽐뿌'의 기운이 최근에는 좀 덜하다. 이것이 슬럼프일까? 그렇다, 슬럼프가 온 것만 같다.

기획편집자로 살아온 10여 년의 시간을 돌아보면, 감정의 기복이 거대한 파도처럼 너울댔던 것 같다. 일에 흠뻑 빠져서, 성과가 나면 그 기쁨에 취해 편집 머신이 되어 몸이 갈리는 줄도 모르고 일했다. 그때는 와인을 안 마셔도 한 세 병은 마신 것처럼 흥이 났다. 그러다 신체 에너지가 마이너스를 향해 내리꽂고, 기획도 편집도 잘 안 풀리고, 결과마저 안 따라주는 시기에는 마음속에서 한바탕 절망 쇼가 펼쳐졌다. 부정적인 생각이 꼬리에 꼬리를 물었고, 편집자로서의 생명과 출판의 미래까지 세상의 모든 염려를 한가득 품은 채로 괴로움의 바다에 풍덩 몸을 던졌다. 물론 겉으로는 아무런 티도 내지 않으려 했지만 말이다.

슬럼프가 올 때마다 힘들어서 몸부림쳤지만, 이제는 초기

보다 의연하게 받아들이게 되었다. 이번만은 꼭 '대박'이 날 거라고, 그래야 한다고 기대했던 책이 실패를 해도 (물론 며칠은 끙끙 앓지만) 결국 오래 걸리지 않아 받아들인다. 빨리 슬럼프에서 벗어나려고 발버둥 치는 일도 더는 하지 않는다. 그럴수록 회복의 시기가 더디 온다는 걸 이제는 안다. 대신 슬럼프를 극복하기 위해 하는 몇 가지 생각과 행동이 있다.

먼저, 책이 실패했을 때. 그럴 때는 기획에서의 판단 착오이든, 편집의 실패이든, 마케팅 전략의 부재이든 성공하지 못한 책의 결정적 이유를 찾아본다. 성공한 책의 이유는 고만고만하지만 실패한 책의 이유는 단 하나만 있지는 않다. 총체적 난국 속에서도 회고에 도움이 되는 결정적인 사유를 찾을 수 있다. 나는 그 실패의 원인, 그것 하나만은 다시는 반복하지 않으려고 한다.

마음이 힘든 만큼 이 실패에서 반드시 하나는 배워 가겠다. '실망'을 사랑하지는 못해도 '같은 이유로 인한 실망'은 반복하지 않겠다. 자신이 막을 수 있는 선에서 실망의 영역을 줄여나가는 것. 이것이 내가 슬럼프에 대처하는 첫 번째 방법이다.

다음은 기획이 생각만큼 풀리지 않을 때. 이때도 슬럼프의 기운은 슬금슬금 다가온다. 근래 한 5년간 번역서는 거의 없이 90퍼센트를 국내 기획서로만 출간해왔다. 그래서일 수도 있지만, 괜찮은 기획 아이디어가 떠오르지 않을 때, 좋은 저자가 눈에 들어오지 않을 때가 있다. 내게 그런 순간은 보통 판매에 확신이 들지 않는 기획이 떠오를 때다. 특히, 내가 잘한다고 생각하는 분야에서 자신감이 떨어졌을 때 찾아온다.

그럴 때는 집 나간 감을 찾아 헤매지 않는다. 내 홈그라운드 분야의 기획만 고집하지도 않는다. 그냥 요즘 사람들이 좋아하는 게 뭔지, 그 이유가 무엇인지를 보려고 한다. 유튜브 영상을 인기순으로 정렬해 살펴보기도 하고, 드라마화되는 웹툰과 소설을 읽어보고, 트위터의 트렌드 키워드를 눌러보고, 인스타그램 탐색 탭의 콘텐츠를 하나하나 살펴본다. 말 그대로 '대중문화'를 즐기면서 그들의 관심이 어디로 향하는지 보려고 한다.

그렇게 어제 본 영상, 웹툰, SNS의 콘텐츠 속에서 재밌고 끌리는 아이템들이 하나둘쯤은 채굴된다. 무딘 아이디어가 팀 동료들과의 수다에서 뜻밖에 더 좋은 기획으로 발전하기도 한다. 이렇게 기획이 안 풀릴 때는 트렌드의 빠른 물결에 자신을 맡겨본다. 손가락 사이에 얼어걸릴 진주를 기다리며.

이래도 저래도 의욕이 회복되지 않을 때는 은퇴 이후의 날들을 생각한다. 그때마다 마음 한구석을 뭉클하게 만드는 장면이 있다. '이건 틀림없는 번아웃이다'라는 위기감이 들 때면 나만의 의식을 치른다. 불을 끄고 방 안에 누구도 들어오지 못하게 한 뒤, 조용히 홀로 앉아 저장해둔 몇 개의 유튜브 영상들을 재생하며 나만의 영상회를 연다. 눈앞에 펼쳐지는 새하얀 빙판. 곧이어 음악이 흐르고, 빙판 위를 우아하게 미끄러지는 선수들의 모습이 보인다.

내가 보는 것은 피겨 스케이팅 프로그램들이다. 피겨는 잘 모르지만, 목록을 저장해두고 힐링이 필요할 때 연속 재생하는 몇몇 선수의 프로그램이 있다. 김연아, 테사 버츄-스콧 모이어, 제프리 버틀, 미셸 콴에 이르는 플레이리스트를 끝까지 다 보고 나면 머릿속이 정리된다. 일의 고단함이나 인간관계의 환멸, 자책과 불만의 감정들도 깨끗하게 지워진다. 사람은 아름다운 것을 보고 나면 고통이 잊히나 보다.

미셸 콴은 모두가 당연히 여기던 올림픽 금메달을 은퇴 시기까지 끝내 얻지 못했다. 그런 그녀가 마지막 올림픽의 갈라 프로그램으로 선택한 곡은 역설적이게도 〈Fields of Gold〉였다. 금을 손에 쥐지 못한 채, 황금빛 들판에서 커리어의 안녕을 고해야 했던 그의 모습처럼 일은 생각대로 풀리지 않을 수 있다. 어쩌면 아무리 노력한다 해도, 그토록 원한다고 해도 가질 수 없는 것이 있을 것이다. 업무 성과든, 투자 성패든 결과를 받아들여야 함을 안다.

마음이 바닥을 치는 순간이면, 베라 왕의 아름다운 의상을 입고, 황금빛 들판에 선 미셸 콴의 눈부신 모습을 바라본다. 최선을 다한 뒤에 눈물을 흘리며 마지막 갈라 무대에 선 그, 올림픽 금메달은 얻지 못했지만 20년이 넘는 세월 동안 생생히 기억되는 레전드 프로그램을 남긴 그.

관객들에게 손을 흔들며 무대를 떠나는 모습을 보며 내 은퇴 이후의 날들을 생각해본다. 그때 나는 어떤 마음일까. 확실한 것은 조금의 후회도 남기고 싶지 않다는 것이다. 결국 원하는 결과를 얻지 못할지라도 아쉬움만은 한 톨도 남기고 싶지 않다. 이것이 현재의 내가 꿋꿋이 일하게 하고, 그 어떤 슬럼프에도 지지 않게 하는 원동력이다.

빠른 시장 안의 느린 편집자

이경희

한때는 1년에 재테크 책을 서너 종도 만들었다. 지금은 1년에 한 종 만들까 말까다. 재테크 책 판매는 무조건 시장 상황을 좇았는데, 부동산 시장이 활황이던 2017~2018년(내가 주로 부동산 책을 내던 시기)에는 부동산 책이 미친 듯이 나갔다. 또 당시 여의도학파라는 애널리스트 직군의 저자들이 책을 쓰기 시작하면서 부동산 책의 수준이 달라지기 시작했다. 합리적인 근거를 들며 집값의 향방을 예측하는 저자들이 늘면서 양적·질적 변화가 있던 시기였다. 그런데 각종 부동산 대책과 규제로 부동산 시장이 위축되면서 부동산 책 시장도 많이 줄어들었다.

코로나 이후로는 모두가 알다시피 주식 시장이 엄청나게 커졌고 주변에 주식 한번 안 해봤다는 사람을 찾기 어렵다. 그런데 작년부터 주식 시장은 좋지 않다. 아마 물린 사람이 태반일 것이다. 하지만 여전히 주식 책은 잘 팔린다. 사람들은 경험한 것이다. 어차피 아파트는 사기 어렵고, 물가는 급속도로 오르고 있으며, 한편에서는 코인이나 주식 투자로 신흥 부자들이 탄생하는 것을 목격했다.

돈, 돈 하는 게 지겹지만 투자하지 않고 월급만으로 노후를 준비하기는 어려워졌다. 매체가 워낙 많으니 보는 눈은 높아져서 좋은 걸 사고 싶은 욕구도 더 커졌다. 최근 몇 년 사이 이런 경향을 체감한 사람들이 갖게 된 투자에 관한 관심은 이제 쉬이 사라지지 않을 것이다. 그래서 시장이 좋진 않지만 여전히 재테크 책은 계속 팔리고 있다.

기획자로서 재테크 책을 계속 만들어야 하는데, 나는 내 개인적인 투자 성향에 안 맞는 책은 만들기 어려웠다. 나는 꼼꼼하고 치열하게 분석하고 공부해서 투자하는 사람이 아니다. 큰 틀에서 어떤 투자 아이디어에 동의하면 거기에 투자해 장기로 묵히는 성격이다. 그래서 국내 주식보다는 미국 주식이, 미국 주식보다는 부동산 투자가 성향에 맞았다. 원체 게을렀기 때문에 주식 창을 자꾸 들여다보는 것도 성격에 안 맞았고, 시간도 없었다.

문제는 어쨌거나 팔리는 책을 만들려면 시장 비중이 큰 국내 주식 참여자를 위한 책을 만들어야 하는데, 자신이 없었다. 성향의 문제도 있지만 노화의 문제까지 더해진 것이다. 앞서 재테크 책 편집이란 단시간에 몸 갈아서 하는 일이라고 말했다. 재테크 책을 1년에 두세 권 만들면 완전히 번아웃이 올 수도 있다. 젊고 혈기가 넘쳤을 때는 앞뒤 재지 않고 뛰어들었지만 이젠 책 한 권에 너무 큰 타격을 받기가 싫었다. 누군가는 이를 지혜가 생긴 것이라고도 말해주었지만, 솔직히 예전보다 열정이 사라진 것은 아닐까, 자책하게 된다.

물론 지금은 책임져야 할 일이 늘었고, 더 중요한 결정을 해야 할 때도 있으니 잘못된 판단을 하거나 시야가 좁아지지 않도록 제 컨디션을 잘 유지하는 것도 일이다. 그래도 마음이 씁쓸하고 아쉬운 것은 어쩔 수 없다. 때로는 그 무모함이 그립기도 하다. 이래서 사람들이 "5년만 젊었으면" 하나 보다. 내 마음이 딱 그러니까.

최근 재테크 책 분야의 경향은 채널이 있는 저자의 책이 주로 나간다는 것인데(사실 이젠 모든 분야가 그렇다), 이 점도 기획을 어렵게 했다. 대형 채널을 가진 출판사들이 굵직한 저자들을 전부 모시고 있고, 그렇기에 좀 더 눈을 밝혀 재야의 고수를 찾아내거나 민첩하게 움직여야 하는데 관심 주가 많지 않으니 시장을 꾸준히 모니터링하기 어려웠다. 그래서 작년부터 재테크 편집자로서 내적 갈등이 심했다. 장이 좋을 때 책을 만들어야 하는데, 나의 성향과는 상충되고…… 몇 번의 미팅을 하기도 했지만 미팅을 할 때마다 내가 정말 이런 책을 잘 만들 수 있을까 하는 자괴감만 느낄 뿐이었다.

지금은 마음을 많이 정리했다. 내가 잘하는 것에 집중하기로 했다. 아무리 다양한 기획을 한다고 해도 나를 거스르며 잘할 자신이 없었다.

일을 하다 보면 나 자신에 대해 많은 것을 알게 된다. 내가 잘할 수 있는 일과 분야, 나와 성향이 맞는 저자와 협업자, 내가 장기전에 강한지 단기전에 강한지, 평가가 동기부여가 되는지 성과가 동기부여가 되는지. 경험을 통해 나에게 맞는 옷이 무엇인지 발견하고 거기에 딱 맞는 기획과 저자를 만나면 성과는 따라오는 법이었다.

시장은 계속 변한다. 언젠가 내가 잘하는 분야가 주류 시장이 될 날이 다시 올 것이다. 그렇게 조용히 내공을 다지며 때를 기다리면 되는데, 나는 또 조급함을 이기지 못하고 얼마 전 어떤 작가님들께 비트코인과 NFT 기획을 제안했다. 가만히 있기에는 불안하다. 잘 알지는 못하지만 또 배우면서 진행할 수 있을 것이다.

나는 배우는 걸 좋아하고 잘 물어보는 성격이니까. 그리고 나 같은 무지렁이 편집자가 이해하는 책이라면 누구나 이해할 만한 책일 테니까! 작가님들께는 아직 답이 없다.

편집을 하는 한 그냥 계속 이렇게 살 것 같다. 조급함과 조용함 사이에서 발을 동동 구르다가 심호흡을 하다가. 할 수 없는 상황에서 그래도 할 수 있는 것을 끊임없이 찾는 사람, 그게 나라는 편집자 아닐까?

선배의
등을 보며
달리고 있습니다

"뭐? 코인 적금이 있다고? 이율이 20퍼센트라고?"

최근에 경희 선배에게서 처음 들은 바이낸스 거래소의 코인 적금 이야기다. 여러 은행에서 운용하는 적금 상품과 비슷하게 가상자산 거래소에 코인을 일정 기간 맡겨두고 그에 대한 이자를 코인으로 받는 것이다(바이낸스 이외의 거래소에도 적금 상품이 있고, 기간에 묶이지 않고 자유롭게 예치 가능한 적금도 있다). 단, 코인 적금 종류를 선택할 때 '내가 가진 코인' 내에서 해야 한다. 이 말은 결국 코인을 가지고 있어야 한다는 말이었다.

'아, 코인…… 또 코인인가?'

500만 원 피싱 사건도 있었고, 기본적으로 겁이 많은 성격이라 위험도 높은 투자 쪽으로는 얼씬도 하지 않으려 했다. 그런 내 성향과는 달리, 어쨌든 재테크 트렌드를 알아야 책 기획도 할 수 있으므로, 코인을 알아야 한다고는 생각했다. 하지만 계속 우선순위에서 밀려 뒤로 미루던 차였다. 잘 모르겠고, 어렵고, 무서우니까 피하고만 싶었다.

하지만 사업을 시작하면서 내가 깨달은 것 중에 하나는, 도전해보는 쪽이 아무것도 하지 않는 것보다는 훨씬 내 삶에 무언가로 남는다는 것이다. 그것이 돈이든, 경험이든, 성장이든, 교훈이든, 반드시 하나는 내 안에 남는다.

그래서 소액으로 코인 적금에 가입했다(루나 사태 이후 해지를 해야 하나 고민 중이지만). 그 뒤로 내가 얻은 것은 이자로 받은 코인들뿐만이 아니다. 이제는 스테이킹, 바이낸스, FTX, 트레블룰, 지갑 주소, NFT 같은 외계어처럼 느껴지던 용어들이 무슨 의미인지 조금씩 알 것 같다. 지금은 코인이 낯설거나 무섭지 않다.

"선배, 삼천사백만 있어도 서울 아파트를 살 수 있어. 짱이지?"

"주현, P2E라는 거 알아? 이걸 아니까 메타버스가 뭔지, NFT가 뭔지 단박에 알겠어."

경희 선배와 나는 늘 이런 식이었다. 돌이켜보니 우리가 알고 지낸 지도 어느덧 10여 년이 지났다(새삼 시간이 빠르다. 20대에 만나 40대가 된 우리).

말하자면 둘만의 문학 대학원을 다녔던 셈입니다.

2019년과 2021년에 나란히 등단하며 소설가가 된 박세회, 강보라 부부는 인터뷰에서 이런 말을 했다. 이 표현을 빌리자면, 그동안 우리는 '둘만의 재테크 대학원'을 다녔던 셈이다(10년간 대학원생…… 예……).

제비가 박씨를 물어오듯 서로에게 물어온 재테크 꿀정보를 바지런히 전했고, 각자의 성공과 실패 경험을 쌓았다. 또 그 정보들 사이에서 저자를 발굴하고 섭외해 책을 만들며 성장해왔다.

각각 서울에 신축 아파트를 마련했고, -70퍼센트 수익률을 찍는 주식의 공포에 떨던 과거를 지나, 며칠 전에는 M2E(Move to Earn) 어플로 점심시간에 같이 산책하면서 코인을 채굴했다. 이처럼 재테크 대학원 공부는 여전히 현재진행 중이다(아마도 영원히 졸업하지 못할 것 같다).

우리는 여전히 좋은 책, 매출이 되는 책을 만들려고 노력하며, 수입의 파이프라인을 하나라도 더 늘리려고 애쓰고 있다. 급여를 10만 원이라도 더 올리려면 매출이 필요하고, 급여가 오른다고 해도 그것만으로는 각자 목표하는 바를 이룰 수 없기 때문이다(지금 내가 가장 갖고 싶은 것은 서울 역세권 평지의 40평대 신축 아파트다).

수입의 파이프라인은 많으면 많을수록 나의 일상을 더욱 단단하게 지탱해준다고 믿는다. 당장 현재의 급여 외에 100만 원 또는 150만 원의 부가 수익이 꾸준히 내 통장에 입금된다고 생각해보라. 절로 미소가 지어지고 마음에 여유가 생길 것이다.

그렇기에 월급 하나에 기대지 않고, 다양한 루트의 수입처를 만들어두려고 오늘도 노력 중이다. '10원짜리' 짠테크 정보부터, '재테크에 도움이 되는 유튜브 채널'까지 재테크 정보의 종류와 범위에 제한은 없다. 이 글을 쓰게 된 것도 꼬박꼬박 들어오는 인세의 축복을 누리려는 나의 파이프라인 증설 계획에 따른 것이다.

"선배의 등을 보면서 달리고 있어요."

우리 팀의 막둥이인 나는 언젠가 술을 마시다가 팀원들에게 이렇게 고백한 적이 있다. 막막하고, 끝나지 않을 것만 같고, 때때로 벅차게 느껴진다는 점에서 내겐 일이 꼭 장거리 달리기 같다. 장거리 달리기를 극도로 싫어했지만 그럼에도 한 번도 빠짐없이 완주했다.

가끔 고등학교 시절 체력장 때의 풍경을 생각한다. 목에서 나던 쇠맛, 터질 것만 같던 심장. 쇠맛이 느껴질 때면 달리고 있는 다리가 내 다리 같지 않고, 주저앉고 싶은 심정이 되곤 했다. 그래서 결승점까지 한두 바퀴 남은 시점이면 늘 앞사람의 등을 보면서 그가 달리는 모습에 의지해 끝까지 달렸다.

지금도 같은 마음이다. 선배가 달리는 모습, 가열차게 흔들리는 등짝을 보면, 그만 포기하고 싶을 때나 주저앉고 싶을 때 한 걸음 더 뛰어나갈 힘이 생긴다. '여기까지가 내 한계야, 저 오르막길은 못 뛰어' 싶을 때도 저 멀리서 선배들이 흔드는 깃발을 보면서 새로운 영역에 뛰어들 용기를 얻는다. 그리고 일단 도전한다. 아무리 어렵고, 무섭고, 모르는 일일지라도 무엇 하나는 얻을 수 있겠지 하는 마음으로.

내가 했던 것처럼 3400만 원으로 투자할 수 있는 서울의 재개발 아파트는 이제 없을 것이다. 은평구 한정의 부동산 경험이고, 돈은 상대적인 개념이기에 누군가에게는 시답잖은 재테크 경험일지도 모르겠다.

어쩌면 어느 웹소설 제목처럼 '돈을 사랑한 편집자의 가냘 픈 번성기' 정도로 느껴질 수도 있다.

다만 확실한 것은 아무것도 하지 않았다면 아무 일도 일어 나지 않았을 거라는 점이다. 재개발 투자를 남의 일처럼 여 겼다면, 불확실성이 많다는 이유로 사업에 뛰어들지 않았 다면, 현재의 나는 이 모습으로 존재할 수 없었을 것이다. 3400만 원으로 할 수 있는 재테크는 여전히 많다.

먼저 달려나가는 앞사람의 등을 보면서, 내가 할 수 있는 재테크를 찾는 모험을 떠나는 것. 그리고 내가 할 수 있는 데까지 일해보는 것. 여기에서부터 돈을 사랑하는 당신의 또 다른 이야기가 시작될 수 있지 않을까.

아무것도 하지 않았다면

아무 일도 일어나지 않았을 것이다.

뭐라도 해봐야 한다.

뭐라도 하면, 무슨 기회가 생길지 모른다.

자본주의
세상을
사는 법

이
경
희

"몇 년 동안 자산이 엄청 늘었는데, 기분이 어때요?"

얼마 전, 함께 일하는 동료가 나에게 이렇게 물었다. 한 번도 생각해본 적 없는 질문이었다.

처음으로 자산 상승분을 계산해보니 신혼 초와는 비교할 수 없을 정도인 것은 사실이었으나 생활이 크게 달라진 것은 아니다. 나는 여전히 용돈을 쪼개가면서 쓰고, 포인트를 더 많이 쌓기 위해 혜택이 있는 카드로 결제하고, 때때로 안 쓰는 물건을 당근에 내다 판다.

하지만 더 이상 돈 걱정을 하지는 않는다. 돈 걱정을 하지 않을 정도로 충분히 자산이 많기 때문이 아니라, 나는 앞으로도 계속 일할 것이고 그것으로 투자하면 된다는 자신이 생겼기 때문이다.

나는 돈이 중요하지 않다고 하는 사람을 믿지 않는다. 돈은 많을수록 좋았다. 집을 샀기에 이제는 추운 겨울에 집을 알아보러 다니지 않아도 되고, 돈 때문에 싫은 일을 하지 않아도 된다(물론 완전히 안 할 수는 없지만, 월세 걱정에 억지로 일해야 하는 상황과는 천지 차이였다). 피곤한 날에는 편하게 택시를 타고, 고민하지 않고 먹고 싶은 걸 사 먹으며, 사랑하는 사람들을 위해 비싼 선물을 살 수도 있다. 그뿐인가. 더 다양한 사람과 대화할 수 있게 되었고, 새로운 관심사를 갖게 되었으며, 시도 그 자체가 다른 기회를 주기도 했다.

2016년, 인터넷 서점에서 발견한 책 한 권으로 내 인생은 완전히 달라졌다. 부동산 책을 작업하지 않았다면, 경기도의 아파트를 사지 않았다면, 서울의 아파트를 사지 않았다면, 테슬라에 투자하지 않았다면 어땠을까. 물론 그 나름대로 잘살았을 것이다. 하지만 지금보다 더 빨리 잘살진 못했을 것이다.

이제 나는 돈 되는 일이라면 일단 시작하고 본다. 앱테크도 하고, 공모주 청약도 하고, 요즘에는 M2E 게임으로 걸으면서 코인을 채굴한다. 이 원고도 〈밀리의 서재〉에서 원고지 100매를 쓰면 계약금을 준다고 해서 시작한 일이다. 계산해보니 일정 수 이상의 독자가 내 글을 열람하면 계약금 이상의 수익을 올릴 수도 있다. 혹시 아는가. 누군가 〈밀리의 서재〉에서 내 글을 읽고 출간 제안을 할 수도 있고, 출간 도서의 드라마 판권이 팔려서 〈넷플릭스〉에서 대박이 날 수도 있다. 이 원고를 제안해준 담당 편집자도 계약 내용을 설명해주면서 "2차 판권은 〈밀리의 서재〉가 우선협상권을 갖는다"라고 친절히 설명해주었다. 나는 그러겠노라 했다.

→ 여기까지가 〈밀리의 서재〉 연재를 위해 쓴 글인데 기적적으로 출판사 세 군데서 출간 제안이 왔다. 그리고 한 출판사와 계약을 했고(이 책에서 그렇게 미주알고주알 떠벌린 내 전 직장!), 첫 책이 나오기도 전에 다음 책 제안이 오면 어떤 주제로 써야 하나 김칫국을 잔뜩 마시고 있다. 글을 쓰기 전에는 상상도 못한 일이다. 그럼 이제 드라마 판권이 팔리고 〈넷플릭스〉에서 대박 나는 일만 남은 걸까? 나는 제2의 김은희가 되어 남편을 제2의 장항준으로 만들어줄 수 있을 것인가?

그래, 그럴 일은 없겠지만. 일단 뭐라도 해봐야 한다. 신성한 노동의 가치가 떨어진 자본주의 세상을 탓해봤자 시간을 되돌릴 순 없다. 자본주의 세상에 사는 이상 그 세상의 이점을 충분히 활용해봐야 하는 것 아닐까.

재테크 책을 읽어보는 것부터, 주식을 한 주 사보는 것부터, 그 기업을 공부해보는 것부터 시작하면 어떨까. 확실한 것은 뭐라도 하면 무슨 기회가 생길지 모르지만, 아무것도 하지 않으면 아무 일도 일어나지 않는다는 것이니까.

원하는
미래가
아닐지라도

'마흔까지 출판사를 다닐 수 있을까?'

불안정한 출판계의 불안정한 출판사를 다니며 그동안 나는 얼마나 더 일할 수 있을지 걱정해왔다. 선배들은 임신과 출산, 육아로 쉽게 사라졌다. 어쨌거나 버티는 선배들에게는 그 뒤에서 희생하는 누군가가 존재했다. 외주라는 선택지도 있었지만, 나에게는 없는 것이나 다름없었다.

나는 일이 좋았지만 회사 생활 그 자체를 더 좋아했다. 눈떠서 갈 곳이 있다는 것, 소속감을 느끼고, 고민이 비슷한 사람들과 대화하는 것, 설령 미운 사람이 생겨도 함께 욕할 사람이 있다는 것, 그런 것을 좋아했기 때문에 혼자 일해야 하는 외주 교열 일은 생각할 수 없었다. 개인적으로도 편집 과정 중 교정 업무가 가장 지루했고, 누군가 주는 원고를 맡게 되는 것도 싫었다.

이 말은 그렇다면 출판사라는 조직에서 어떻게든 끝까지 버텨야 한다는 것을 의미했다. 하지만 선배들은 여전히 다양한 이유로 사라지고 있었고, 살아남은 자들은 그 이상의 대가를 치러야 했다. 대가란 이런 것이었다. 끝없는 정치, 모욕과 가스라이팅, 말 안 되는 성과를 매해 요구받는 것,

혹은 이 모든 것을 동시에 하는 것.

나는 감정을 잘 숨기지 못했다. 개소리를 들으면 얼굴로 욕을 했다는 뜻이다. 그래서 정치는 애저녁에 포기했다. 조금이라도 부당한 일을 당하면 일단 할 말은 해야 했다. 점점 조직에서 오래 살아남을 가능성이 희박해져갔다. 대신 나는 나의 필요를 성과로 증명하기로 했다.

'나를 좋아하지 않아도 괜찮아. 하지만 나를 필요하게
만들 거야.'

문제는 영원히 성과를 낼 수 있는 편집자란 없다는 것이다. 변화의 속도가 급격한 콘텐츠 업계에서 나는 나이를 먹고 있었다. 체력도 떨어졌다. 지금은 성과를 내고 있지만 앞으로 얼마나 더 성과를 낼지는 알 수 없는 일이었다.

나는 가능한 오래 일하고 싶었다. 이제야 어떤 원고를 받아도 자신 있게 일할 수 있게 됐는데 동시에 미래에 대한 불안을 느껴야 한다는 게 서글펐다. 그래서 오히려 빨리 결단을 내려야겠다는 생각이 커졌고, 그것은 예상보다 빠른 창업이라는 형태로 구현됐다.

부모님은 마흔이 넘어 사업을 세 번 시작했는데, 모두 실패했다. 처음부터 잘 안 되었던 것은 아니다. 첫 사업은 너무 잘돼서 '이렇게 나도 부잣집 딸이 되는구나' 싶을 정도였는데, 한순간에 파리가 날리기 시작했다. 누군가는 분명 이유가 있었을 거라 생각하겠지만, 내가 볼 땐 특별한 이유가 없었다.

아빠와 엄마는 변함없이 성실했고, 최선을 다했다. 하지만 사업이란 열심히 최선을 다한다고 반드시 무언가를 얻을 수 있는 게 아니었다. 나는 '진정성' '노력' '열심'과 같은 말에 큰 의미를 두지 않는다. 누군가를 책임져야 하는 입장에서 중요한 것은 결과일 뿐이었다.

부모님은 대학도 졸업하지 못한 두 자식을 두고 나이 오십 중반에 완전히 파산했다. 나는 대학을 휴학했고, 동생은 군대를 갔다. 집에는 압류 딱지가 붙었고, 부모님 명의로 대출을 받을 수 없었으므로 나는 부모 대신 제2, 제3금융권을 드나들었다. 겨우 학자금 대출을 받아 대학을 졸업했고, 연봉 1800만 원을 받으며 일을 시작했으며, 그런 내가 지금은 출판사를 하고 있다. 절대 자영업자만은 되지 말아야겠다고 생각한 내가 자영업을 하고 있는 것이다.

실패는 언제나 실패로 귀결되는 것일까? 난 그렇게 생각하지 않는다. 절망에 주저앉아 있기보다 다만 무언가라도 한다면 나는 인생이 기회를 준다고 믿는다. 기회를 안 주면 또 어떤가. 내가 만들면 되는 거지.

"10년만 고생하고 출판 연금 탑시다!"

동료들과 함께 호기롭게 사업을 시작했지만, 우리는 성공하지 못할 수도 있고 생각보다 일찍 동업 관계에 균열이 생길 수도 있다. 실제로 임프린트를 시작하자마자 코로나가 시작되었고, 이 글을 쓰는 지금은 러시아와 우크라이나가 전쟁 중이다. 아무리 엑셀을 들여다봐도 예측할 수 없는 것들 천지다.

하지만 그래서 재미있다. 앞으로 무슨 일이 생길지 모른다는 것, 나쁜 일이 나쁘기만 하거나 좋은 일이 좋기만 한 게 아니라는 것, 누군가를 통해 어떤 기회가 생길지 모른다는 것. 항상 그 가능성 안에 나를 꾸준히 둬보려고 한다.

우리는 재미있게 일하고, 일한 만큼 보상받기 위해 출판사를 차렸다. 그리고 가능하면 베스트셀러를 꾸준히 만들어서 매출 걱정을 크게 하지 않고 10년, 20년 사업을 지속하고 싶다. 그래서 신간이 나올 때마다 〈김영하 북클럽〉이나 〈겨울서점〉에서 우리 책을 소개해주기만을 손 모아 기다린다. 아직 한 번도 소개된 적은 없다.

하지만 그 전에 내가 바라는 것은 그렇지 않아도 괜찮은 사람이 되는 것. 인생이 예측대로 풀리지 않아도, 때때로 실패하고 절망해도 툭툭 털고 일어서는 사람이 되는 것. 인생을 길게 바라보되 오늘 해야 할 일은 끝까지 하는 사람이 되는 것. 그런 사람이 되는 것이다.

– 01

돈을 사랑한 편집자들

초판 1쇄 인쇄 2022년 6월 3일 **초판 1쇄 발행** 2022년 6월 15일

지은이 이경희·허주현
펴낸이 이승현

편집2 본부장 박태근
MD독자 팀장 최연진
디자인 이세호

펴낸곳 ㈜위즈덤하우스 **출판등록** 2000년 5월 23일 제13-1071호
주소 서울특별시 마포구 양화로 19 합정오피스빌딩 17층
전화 02) 2179-5600 **홈페이지** www.wisdomhouse.co.kr

ⓒ 이경희·허주현, 2022

ISBN 979-11-6812-346-5 03810